LOIS DUNCAN

EU SEI O QUE VOCÊS FIZERAM NO VERÃO PASSADO

Tradução
Pedro Sette-Câmara

Planeta minotauro

Copyright © 2021
Copyright © Lois Duncan, 1978
Imagens de miolo: Copyright © 1978 by Lois Duncan
Esta edição é uma publicação em acordo com Sterling Lord
Literistic, Inc. e Agência Literária Riff.
Copyright © Editora Planeta do Brasil, 2022
Copyright da tradução © Pedro Sette-Câmara
Todos os direitos reservados.
Título original: *I Know What You Did Last Summer*

REVISÃO: Franciane Batagin e Bárbara Prince
DIAGRAMAÇÃO: Anna Yue e Francisco Lavorini
CAPA E ILUSTRAÇÃO DE CAPA: Gwenola Rousselot | Foresti Design

DADOS INTERNACIONAIS DE CATALOGAÇÃO NA PUBLICAÇÃO (CIP)
ANGÉLICA ILACQUA CRB-8/7057

Duncan, Lois
 Eu sei o que vocês fizeram no verão passado / Lois Duncan;
tradução de Pedro Sette-Câmara. - São Paulo : Planeta, 2021.
 192 p.

ISBN 978-65-5535-576-5
Título original: I Know What You Did Last Summer

1. Ficção norte-americana I. Título II. Sette-Câmara, Pedro

21-5220   CDD 813

Índice para catálogo sistemático:
1. Ficção norte-americana

MISTO
Papel produzido a partir
de fontes responsáveis
FSC® C019498

Ao escolher este livro, você está apoiando o
manejo responsável das florestas do mundo

2022
Todos os direitos desta edição reservados à
Editora Planeta do Brasil Ltda.
Rua Bela Cintra, 986, 4º andar – Consolação
São Paulo – SP – 01415-002
www.planetadelivros.com.br
faleconosco@editoraplaneta.com.br

Para Ginger Palmer.

1

O bilhete estava ali, ao lado do prato, quando ela desceu para o café da manhã. Depois, vasculhando a memória, Julie se lembraria dele. Pequeno. Sem nenhum detalhe que chamasse a atenção. Seu nome e seu endereço estavam escritos à mão, em tinta preta austera, na frente do envelope.

Naquele momento, porém, ela só tinha olhos para a outra carta: branca, grande e oficial. Pegou-a apressadamente e se deteve, lançando por cima da mesa um olhar para sua mãe, que voltava da cozinha.

— Chegou — disse Julie.

— E então? Não vai abrir? — A sra. James devolveu a jarra de café à cafeteira quente. — Você está esperando por isso há tanto tempo! Achei que já teria aberto antes mesmo de se sentar.

— Acho que estou com medo — admitiu Julie. Ela passou o indicador sob o canto da aba. — Certo. Aqui vamos nós.

Correndo o dedo ao longo do envelope, Julie retirou a folha e a colocou sobre a mesa.

— "Prezada srta. James" — leu em voz alta. — "Temos o prazer de informar que a senhorita foi aceita"...

— Ah, querida! — A mãe suspirou de alegria. — Que maravilha!

— Fui aceita! — Julie repetiu. — Mãe, você acredita nisso? Fui aceita! Eu vou para a Smith!

A sra. James contornou a mesa e deu um abraço caloroso na filha.

— Estou tão orgulhosa de você, Julie, e sei que seu pai também estaria. Se ele ao menos tivesse vivido para ver isso, mas... Não faz sentido olhar para o passado agora. — Havia um brilho suspeito em seus olhos. — Talvez ele saiba. Gosto de acreditar que sim. E, se não sabe, estou orgulhosa o bastante por nós dois.

— Não acredito — disse Julie. — Eu realmente não acredito. Quando fiz as provas, pensei que tinha errado várias questões. Acho que sabia mais do que achava que sabia.

— Foi o seu último ano na escola que te levou a isso — disse a mãe. — Nunca vi alguém mudar tanto. O jeito como você se empenhou... Você mudou completamente. E agora posso admitir que isso me deixou um pouco preocupada.

— Preocupada? — perguntou Julie, surpresa. — Achei que fosse seu sonho que eu fizesse a mesma faculdade que você. Ano passado, você ficou me perturbando o tempo inteiro porque eu saía muito, nunca abria um livro, passava tempo demais nos ensaios de líder de torcida.

— Eu sei. É que nunca imaginei essa guinada, só isso. E acho que posso apontar o dia exato em que ela aconteceu. Foi bem na época em que você terminou com o Ray.

— Mãe, eu já falei... — Julie tentou manter a tranquilidade na voz, apesar do choque frio que atingiu seu estômago. — Ray e eu não terminamos exatamente. A gente só achou que estava se vendo demais e precisava ir devagar. Aí ele foi para o litoral, e isso pôs um ponto-final nas coisas.

— Mas você nunca mais saiu com ninguém...

— Não é verdade — Julie falou impacientemente. — Às vezes eu saio. Aliás, Bud vai passar aqui hoje à noite. Viu? Um encontro.

— É, tem o Bud. Mas isso é muito recente... e não é a mesma coisa. Ele é mais velho, mais sério com relação a tudo. Estou feliz e orgulhosa por você ter se esforçado tanto para ser aceita em uma boa faculdade da Costa Leste, mas queria que tivesse equilibrado melhor as coisas. Sinto que perdeu boa parte da diversão do seu último ano na escola.

— Bom, não dá pra ter tudo — disse Julie. Sua voz soou aguda e estridente até mesmo para os próprios ouvidos. A sensação de frio no estômago se espalhou para cima, em direção ao coração. Ela empurrou a cadeira para trás e se levantou.

— Vou para o meu quarto. Preciso achar minhas anotações de História.

— Mas você não comeu nada! — exclamou a sra. James enquanto apontava para o prato intocado de ovos mexidos e torrada.

— Desculpe — disse Julie. — Eu... acho que estou agitada demais.

Ela conseguia sentir o olhar preocupado da mãe conforme deixava a mesa. Mesmo quando já estava fora de vista, essa preocupação a acompanhou escada acima e ao longo do corredor.

Mamãe sabe demais, pensou. *Ela tem essa coisa estranha de sempre saber mais do que eu conto.*

— Nunca vi alguém mudar tanto — dissera a mãe. — Acho que posso apontar o dia exato.

Mas não pode, Julie falou para si mesma. *Não mesmo. E não deveria tentar. Por favor, mãe, não tente, nunca.*

Julie entrou no quarto e empurrou a porta, que se fechou com um clique seco. Sua mãe ficara para trás, na sala de jantar, junto com os ovos intactos e a cafeteira. O quarto a protegia, um quarto perfeito para uma adolescente bonita, amada e feliz. Uma garota que nunca havia tido um só problema na vida.

A mãe redecorara o quarto havia pouco mais de um ano, quando Julie completara dezesseis.

— Vamos pintar da cor que você quiser — ela dissera. — Pode escolher.

— Rosa — Julie respondera imediatamente.

Era a sua cor favorita, a cor que vestia com maior frequência, ainda que tivesse cabelo ruivo.

Havia uma camiseta rosa-pálido no fundo do armário, escondida atrás de outras roupas. Era uma peça nova naquela noite do verão passado.

— Você está parecendo uma rosa sardenta — Ray provocara. A camiseta ficava ótima em Julie, mas desde então ela nunca mais a usara. A garota a teria doado se não houvesse ficado com medo de que sua mãe um dia se lembrasse da peça e perguntasse o que tinha acontecido com ela.

Julie se sentou na beira da cama e respirou profunda, lentamente. O frio dentro dela desapareceu, e seu coração desacelerou.

Que idiotice, disse a si mesma com firmeza. *Faz quase um ano que aconteceu. Já foi, já acabou, e eu jurei a mim mesma que nunca mais pensaria nisso. Se ficar ansiosa a cada comentário inocente que mamãe faz, voltarei à estaca zero, totalmente descontrolada.*

À sua frente, no espelho oval sobre a cômoda, era outra Julie que a fitava, pálida e séria. *Eu mudei*, ela pensou com leve surpresa. A menina no espelho tinha pouca semelhança com a Julie do ano anterior – cheia de energia, saltitante, a alma das animadoras de torcida, a menor das líderes, porém a que gritava mais alto. A garota que a encarava tinha sombras atrás dos olhos e uma tensão nos lábios.

Você vai para a Smith, Julie falou para si mesma. *Ponha isso na cabeça. Daqui a poucos meses você vai embora daqui. Não vai simplesmente para a faculdade, vai para a Costa Leste, para longe desta cidade, da estrada e daquela área de piquenique. Você não vai mais esbarrar com a mãe do Ray na farmácia. Não vai ver o Barry na escola, nem a Helen na TV. Você vai estar longe daqui, livre! Um lugar novo, com gente nova, coisas novas para fazer e para pensar, coisas inteiramente novas para preencher suas lembranças.*

Ela se sentia mais calma agora. Sua respiração se tornara lenta e constante outra vez. Julie pegou a carta da Smith, que tinha deixado cair ao seu lado, na cama, e leu novamente seu nome metodicamente digitado no envelope de aparência sofisticada. Ela o levaria à escola, decidiu; havia pessoas ali às quais poderia mostrá-lo. Nenhum aluno, particularmente – não ficara próxima de ninguém no último ano –, mas o sr. Price, seu professor de inglês, ficaria feliz por ela, assim como a sra. Busby, de Estudos Americanos.

E, naquela noite, quando Bud viesse, mostraria a ele, que ficaria impressionado, e talvez triste por ela estar indo embora. Ele telefonava com tanta frequência ultimamente que era possível que estivesse levando o relacionamento mais a sério do que deveria. Isso seria bom para ele ver que aquilo não daria em nada, que era algo passageiro e que, no outono, ela estaria em outro lugar.

Houve uma batida na porta do quarto.

— Julie? — chamou a mãe. — Você viu que horas são?

— Não... Acho que perdi a hora. — Julie se levantou e abriu a porta. — Eu estava só curtindo o fato de ter sido aceita. Juro, quase não tinha esperanças. Faz tanto tempo que mandei a inscrição...

— Eu sei — falou a sra. James amavelmente. — Não quis te desanimar. Sei quanto deu duro. Tive medo de que você tivesse exagerado, mas estou feliz porque agora pode relaxar e aproveitar o verão.

— Também estou.

Ela colocou os braços em volta da mãe em um abraço impulsivo. A mãe, surpresa e feliz, também a abraçou de volta.

Eu deveria abraçá-la mais vezes, pensou Julie. *Não mereço uma mãe assim. Eu a amo tanto e sou tudo o que ela tem desde que o papai morreu. E agora eu vou embora e ela vai ficar sozinha, e mesmo assim está feliz por mim.*

— Tem certeza de que vai ficar bem? — Julie perguntou enquanto ainda a abraçava e encostava seu rosto na bochecha macia da mãe. — Você acha que vai dar conta, comigo tão longe?

— Ah, acho que sim — disse a sra. James com uma desafinação na voz que pretendia passar por riso. — Eu me saí bem antes de você nascer, não foi? Vou me manter ocupada. Estou pensando em voltar a trabalhar em tempo integral.

— É o que você quer? — perguntou Julie.

Sua mãe lecionara Economia Doméstica antes do casamento e, desde a morte do marido, oito anos antes, trabalhava como professora substituta.

— Acho que sim. Seria bom ter a minha própria turma de novo. Com você longe do ninho, não haverá ninguém em casa precisando de mim, então é hora de ser útil em outro lugar.

— Perdi mesmo a noção da hora — Julie falou em tom de desculpa. — Melhor eu ir andando.

A mãe olhou o relógio.

— Você está atrasada. Quer uma carona?

— Não, tudo bem. Não cheguei atrasada nenhuma vez este ano, não vou morrer por causa de uma advertência. E talvez eu nem receba uma. O sr. Price é bem tranquilo com essas coisas.

Ela pegou os livros e as anotações de História na mesa de cabeceira. Já no andar de baixo, parou diante da tigela de moedas, no aparador, e pegou dinheiro para comprar uma Coca-Cola.

— Vejo você depois da escola — falou. — Bud só vem me pegar por volta das oito, então não precisamos jantar tão cedo. Você vai a algum lugar?

— Não planejei nada — disse a sra. James. — Espere, querida. Você não pegou a sua carta.

— Peguei, sim. Está dentro do meu caderno.

— Não, estou falando desta outra aqui.

A mãe se inclinou sobre a mesa e pegou o segundo envelope, parcialmente escondido sob a borda do prato de ovos.

— Havia duas cartas pra você. Não que esta possa ser tão empolgante quanto a primeira.

— Pelo tamanho, parece ser um convite pra uma festa. Mas não sei quem me convidaria pra uma festa. — Julie pegou o pequeno envelope. — Que estranho. Está todo escrito em letra de forma e não tem remetente.

Ela rasgou o envelope e tirou uma folha dobrada de papel pautado.

— De quem é? — perguntou a mãe enquanto levava a louça do café para a cozinha. — Alguém que eu conheço?

— Não. Ninguém que você conheça.

Com um pânico crescente, Julie olhou fixamente para a solitária frase que a encarava do papel borrado.

Vou vomitar, pensou. Suas pernas ficaram bambas, e ela estendeu o braço para se segurar na mesa.

É um sonho, disse esperançosamente a si mesma. *Não estou realmente acordada, não estou na sala de jantar. Estou na cama, dormindo, e isso não passa de um pesadelo como aqueles que eu costumava ter no começo. Vou fechar os olhos e, quando abrir, vou acordar. Isso terá sumido... o papel terá sumido. Ele nunca terá existido.*

Então ela fechou os olhos. Quando os abriu novamente, o papel continuava em sua mão, com uma curta frase:

EU SEI O QUE VOCÊS FIZERAM NO VERÃO PASSADO.

2

O sol começava a se pôr quando Barry Cox deixou o estacionamento nos fundos da fraternidade, dirigiu pelo campus e depois em direção ao Norte pela Madison, até o condomínio Four Seasons.

Era um percurso familiar, e ele, às vezes, até brincava com seus irmãos da fraternidade que o carro conhecia o caminho tão bem que era capaz de fazê-lo sozinho.

— Será que ele não vai se confundir? — caçoavam eles. — Esse carro conhece o caminho para algumas outras casas também...

— Ele nunca se perde — Barry costumava dizer, cheio de si. — Tem GPS.

Era verdade que Helen não era a única garota com quem Barry saía, ainda que ele tivesse certeza de que era o único rapaz com quem ela saía. O que era uma loucura, porque morando onde ela morava, num condomínio cheio de homens solteiros, e com aquela aparência de modelo de biquíni e aquele emprego chamativo... Bem, era inevitável que houvesse muitos lobisomens uivando ao pé de sua janela.

Essa era uma das razões pelas quais Barry continuava saindo com Helen. Isso não fazia parte de seus planos depois que a escola tivesse acabado. A Universidade era um território vasto, e havia meninas bem gostosas no campus com as quais seria fácil ficar, sem compromisso. Mas aí Helen conseguiu aquele emprego como Futura Estrela, e as coisas mudaram. Só um maluco dispensaria a Futura Estrela do Canal Cinco.

Agora, enquanto estacionava no Four Seasons, Barry abriu um enorme sorriso para si mesmo. Helen estava indo bem para uma garota de dezoito anos que nem sequer terminara os estudos. A mãe dele ficara possessa ao saber que Helen largaria a escola no fim do penúltimo ano.

— Isso só prova o que sempre falei — ela dissera ao filho. — Cada pessoa é o resultado da criação que teve. Essa garota não é para você, Barry. Não entendo por que você sai com ela.

Essa questão, é claro, tinha outra razão. E ele sabia que isso incomodava sua mãe. Havia a beleza de Helen. Ela era material de capa de revista, e tal fato já começava a render frutos para ele. Poucas meninas da sua idade tinham um apartamento próprio sem que fossem obrigadas a dividir as despesas com outra pessoa. Elsa, a irmã mais velha de Helen, ainda morava com os pais e guardava metade do que ganhava como caixa numa loja de departamentos na esperança de que um dia, dali a um ano, mais ou menos, finalmente arrumaria seu próprio lugar. E lá estava Helen, com seu carro, com suas roupas da moda, com tudo o que queria e nenhuma preocupação.

Mas por que ela parecia tão perturbada ao telefone? Aquele telefonema o surpreendera. Helen não era como a maioria das garotas, que ligam para o namorado o tempo todo. Era raro até mesmo que mandasse mensagens, a menos que tivesse uma boa razão.

Dessa vez ela não dera razão nenhuma.

— Preciso te ver — ela dissera. — É importante. Você pode passar aqui mais tarde, quando eu voltar do trabalho?

— Hoje? Heller, a gente se viu ontem. Você sabe que não posso mais sair esta semana. Preciso estudar para as provas finais.

— Já falei, é importante. — Havia em sua voz uma urgência, algo incomum para Helen. Normalmente, se ele dissesse alguma coisa, ela aceitava sem perguntar nada. — Eu não telefonaria se não fosse importante. Você sabe.

— Você não pode me dizer o que é?

— Não.

E foi isso. Um simples "não". Barry ficara intrigado, ainda que não quisesse ficar. Precisava estudar para as provas e tinha marcado de tomar um café com uma tal de Ashley da fraternidade Tri-Delta, mas não era nada que não pudesse ser adiado.

— Bom, se for cedo — ele dissera. — Logo depois do jantar.

— Ótimo. Quanto mais cedo, melhor.

Ela não o convidara para jantar, e estava tudo bem para ele. Aquelas noites domésticas com Helen servindo carne assada à luz de velas eram difíceis de suportar. Ele sabia o que ela queria – e não era o que ele queria –, e esse jogo todo o deixava desconfortável.

— Estou ligando do estúdio — Helen falara. — Preciso fazer um *webcast* logo menos. Vejo você por volta das sete, ok?

— Ok.

A conversa o deixara curioso. Tão curioso que ele nem se dera ao trabalho de ir ao refeitório para jantar. Simplesmente parara num Wendy's e comprara dois hambúrgueres e um milk-shake. Agora, poucos minutos depois das seis e meia, Barry saía do carro em direção ao prédio dela e pegava o caminho que passava pela piscina, levando aos degraus e aos apartamentos do segundo andar.

A piscina e a área em torno dela estavam lotadas. Na primavera, o fim de tarde ainda era bastante frio, mas a piscina era aquecida, e alguns tipos humanos parecidos com ursos-polares nadavam enquanto um monte de belas e magras garotas se sentavam imponentemente nas espreguiçadeiras, aproveitando a primeira oportunidade da estação de exibirem sua silhueta em biquínis.

Por um instante, Barry parou e apreciou a vista, um pouco surpreso por não ver Helen entre as garotas. O corpo dela era melhor do que qualquer um ali, e Helen não era do tipo que se importava de exibi-lo.

— Oi! — gritou uma das meninas, uma morena bem torneada e pequenina que vestia uma blusinha vermelha e branca e short curto. — Está procurando apartamento? Tem uma vaga no segundo andar.

— Não — respondeu Barry, avaliando-a de cima a baixo. — Pelo menos não este ano.

Na verdade, ele teria dado tudo para morar num lugar como aquele, mas não era o tipo de coisa que sua mãe achasse que deveria ser bancada pelo seu velho. Nesse quesito, Barry já tinha muita sorte por ter se mudado para uma casa de fraternidade. Ele contornou a piscina e subiu a escada, parando para encarar a morena, que tinha se virado na cadeira e ainda o observava. Então seguiu até o segundo piso e bateu na porta do apartamento de Helen.

Teve de esperar alguns minutos até que ela atendesse, algo que raramente acontecia. A porta se abriu, e Helen surgiu à sua frente. Estava bonita como sempre: o cabelo cor de mel puxado para trás e preso com uma faixa dourada, os olhos violeta cuidadosamente sombreados e delineados a fim de deixá-los ainda mais fascinantes. Usava uma calça azul-clara, uma blusa de seda e um robusto colar de cristal; era óbvio que não tinha trocado de roupa desde que voltara do estúdio.

— Ótimo — Helen falou. — Estava esperando mesmo que você chegasse mais cedo.

— Que bom que não te decepcionei. — Barry concluiu que alguma coisa estava errada. Decididamente, havia algo estranho; não era assim que ele costumava ser recebido. — O que aconteceu, afinal de contas?

— Entre. Não podemos conversar aqui.

Barry entrou no apartamento e instintivamente soube que havia outra pessoa ali. Olhou para Helen com uma expressão inquisitiva.

— Quem tá aqui?

— Julie. Julie James.

— Você só pode estar de brincadeira!

Ele seguiu Helen até a sala de estar, onde encontrou a outra garota sentada no sofá.

— Oi, Julie. Há quanto tempo. Como estão as coisas?

— Oi, Barry — disse Julie, tensa.

Ela não estava tão atraente quanto ele se lembrava, isso era certo. Não que Julie algum dia houvesse tido a beleza de Helen, porém sempre tivera vivacidade o bastante para que ninguém reparasse que não era tão bonita. Agora aquele brilho parecia ter sumido. Seus olhos pareciam grandes demais para o seu rosto.

— Bem, oi — Barry falou outra vez. — Bom te ver. Achei que você tinha riscado a gente da sua lista de amigos.

— Estou aqui porque aconteceu uma coisa. — Os olhos de Julie passaram de Barry para Helen. — Você não contou pra ele?

— Não — disse Helen. — Achei que você deveria contar. Foi você que recebeu a carta.

— Do que vocês duas estão falando? — perguntou Barry, impaciente. — Qual é o grande segredo?

— Não é segredo — Julie respondeu quase imediatamente. Ela apontou para uma folha de caderno que estava sobre a mesa de centro.

Por um instante, Barry observou a folha com desdém. Então as palavras foram tomando forma, e ele sentiu um nó se formar na garganta.

— De onde veio isso?

— Chegou hoje de manhã, pelo correio — disse Julie. — Simplesmente estava lá, no meio das outras cartas. Não tinha remetente.

— "Eu sei o que vocês fizeram..." — Barry começou a ler em voz alta. — Que loucura! Quem mandaria uma coisa dessas?

— Não faço ideia — Julie falou. — Simplesmente estava lá.

— Você comentou sobre isso com alguém? Alguém sabe?

— Eu não falei nada.

— Helen? — Barry olhou para ela. Seu rosto delicado e elegante parecia tão perplexo quanto o de Julie.

— Ninguém. Nunca falei nada pra ninguém.

— Bem, nem eu. Fizemos um pacto, não fizemos? Então isso não pode significar nada. É uma piada, alguém está querendo brincar com a Julie.

Os três ficaram em silêncio por um instante. Gritos e risadas subiam da piscina e entravam pela janela aberta. Por um segundo, a morena de vermelho e branco passou pela cabeça de Barry.

Queria estar lá fora, ele pensou. *Com uma cerveja na mão, me divertindo com aquele pessoal. Se tem uma coisa de que eu não preciso é lidar com uma situação como esta.*

— Deve ter sido o Ray — falou Barry por fim. — Só pode ter sido ele. O Ray escreveu isso de sacanagem.

— Ele não faria isso — disse Julie. — Você sabe que ele não faria isso.

— Eu não sei de nada. Você deu um pé na bunda do cara de repente! Num dia, vocês dois estavam grudados; no outro, você não queria nem falar com ele. Pode ser o jeito dele de se vingar, te dando um susto.

— O Ray não faria isso. Além do mais — Julie apontou o envelope que estava ao lado da carta —, o carimbo é do correio daqui. O último cartão que recebi do Ray veio da Califórnia.

— Bem... O Ray está na cidade — Helen falou de súbito. — Eu o vi ontem.

— Viu? — Julie virou-se para ela, atônita. — Onde?

— Naquele mercadinho em frente ao estúdio, na hora do almoço. Ele estava saindo, e eu, entrando. Quase não o reconheci; ele mudou muito. Está bronzeado e deixou a barba crescer. Olhei para trás, e ele também estava olhando. Era o Ray, tenho certeza. Ele meio que acenou pra mim.

— Então deve ter sido ele mesmo — concluiu Barry. — Que brincadeira mais doentia! O cara deve ter pirado.

— Não acredito — Julie falou decididamente. — Conheço Ray melhor do que vocês dois, e ele não faria uma coisa dessas. Foi ele quem ficou pior quando... quando *aquilo* aconteceu. Ele não brincaria com isso, não desse jeito.

— Também não acho que tenha sido ele — concordou Helen. Ela alcançou o papel e o virou, para poder vê-lo melhor. — É possível que alguém tenha descoberto? Talvez rastreando o carro?

— Não existe a menor chance — afirmou Barry. — Ray e eu passamos um dia inteiro martelando o para-choque para tirar o amassado. Depois a gente pintou o carro e se livrou dele no fim de semana seguinte.

— Julie, você tem certeza de que não disse nada? — Helen indagou. — Eu sei quanto você é próxima da sua mãe...

— Já disse que não falei nada — respondeu Julie. — E, se tivesse contado à minha mãe, você acha que ela me mandaria uma coisa assim?

— Não — admitiu Helen. — É só que parece não haver outra resposta. Se nenhum de nós contou, se não foi o carro...

— Já ocorreu a vocês duas — Barry interrompeu — que esse bilhete pode ser sobre outro assunto, alguma coisa nada a ver?

— Outro assunto? — repetiu Julie, confusa.

— No fundo ele não diz nada, diz?

— Ele diz: "Eu sei o que vocês fizeram...".

— E daí? O verão passado durou três meses. Você provavelmente fez um monte de coisas.

— Você sabe o que isso significa, Barry.

— Não, não sei, e você também não. Talvez a pessoa que escreveu também não saiba. Talvez seja uma brincadeira. Você sabe como são as crianças; ficam passando trotes, escrevendo bilhetes, mandando spam. Aí algum moleque decide pregar uma peça, escreve uma dúzia desses bilhetes e manda pra uns desconhecidos que escolheu na lista telefônica. Você acha que existe alguém que, recebendo uma mensagem como essa, não se lembraria de algo que fez no verão passado de que não se orgulha muito?

Julie digeriu o argumento em silêncio e disse:

— Mas nosso número de telefone não está na lista.

— Ué, então ele te achou de algum outro jeito. De repente é um nerd da escola que tem algum interesse em você e quer testar sua reação. Ou algum cara que ficou com raiva porque você não quis sair com ele, ou o garoto que empacota as coisas na mercearia, sei lá. Tem muito pervertido neste mundo que gosta de assustar meninas por aí.

— Nisso o Barry tem razão, Julie. — Havia alívio na voz de Helen. — Eu mesma conheci gente assim. Você não acreditaria nos telefonemas que a gente recebe quando trabalha na TV! Tinha um cara que me ligava e não dizia nada. Só respirava. Eu estava ficando maluca. Atendia o telefone achando que era o Barry e só ouvia aquela respiração pesada no meu ouvido.

— Bem — Julie disse devagar —, imagino que isso seja possível. Eu... Eu nunca pensei em algo assim.

— Se aquilo não tivesse acontecido no verão passado e você tivesse recebido esse bilhete, teria imaginado isso, não teria?

— Talvez. Sim, acho que sim. — Julie inspirou longamente. — Você acha mesmo que é isso? Que é só uma brincadeira doentia de alguém?

— Sem dúvida — Barry disse com firmeza. — O que mais poderia ser? Olha, se alguém soubesse de alguma coisa, não ficaria escrevendo bilhetinhos idiotas; falaria com a polícia.

— E não faria isso só agora — Helen completou. — Teria feito em julho, quando a coisa aconteceu. Por que alguém esperaria dez meses para tomar uma atitude?

— Não tenho ideia — disse Julie. — Quando você coloca desse jeito, realmente não parece algo plausível.

— Não é plausível — determinou Barry. — Você está fazendo tempestade em copo d'água. E você, Heller, agiu tão mal quanto ela, me chamando aqui desse jeito. Fiquei achando que tinha acontecido alguma coisa grave.

— Desculpe — disse Helen, pesarosa. — A Julie me ligou hoje à tarde, e eu reagi do mesmo jeito que ela. Nós duas ficamos apavoradas.

— Bem, então se desapavorem — Barry falou e se levantou. O belo apartamento de Helen, que sempre lhe parecera espaçoso e luxuoso, de repente se tornou sufocante. — Preciso ir andando.

— Por que você não fica um pouco? — sugeriu Helen. — Ainda tenho uma hora e meia antes de ir para o estúdio.

— Uma hora e meia que eu não tenho. Falei que essa semana está apertada e preciso estudar. — Ele se virou para Julie: — Precisa de carona? Posso te deixar em casa no caminho para a Universidade.

— Não, obrigada — disse Julie. — Estou com o carro da minha mãe.

— Não quer ficar, Julie? — Helen perguntou. — Faz séculos que a gente não conversa. Deve ter muita coisa pra botarmos em dia.

— Outra hora, pode ser? Tenho um encontro às oito.

— Fica tranquila, então — comentou Barry. — Foi bom te ver. — E voltando-se para Helen: — A gente se fala, Heller.

— Quer fazer alguma coisa na segunda? É o Memorial Day, e sempre dão alguma festa por aqui.

— Depende de quanto eu vou conseguir estudar no fim de semana. Eu te ligo, prometo.

Helen começou a se levantar para levá-lo até a porta, mas Barry fez um gesto para que ela se sentasse. A última coisa que queria naquele momento era uma afetuosa cena de despedida na frente de Julie.

Ele saiu, deixando as duas meninas sozinhas, desceu os degraus e passou de novo pela piscina. As luzes subaquáticas já estavam ligadas, e a multidão de exibicionistas diminuíra um pouco. A interminável festa que sempre começava em volta da piscina nas noites de sexta havia se dividido, como de costume, em diversas festas menores, a maioria das quais passara à privacidade dos apartamentos.

As lamparinas bruxuleavam ao longo da passagem, e a folhagem das plantas farfalhava levemente à suave brisa do anoitecer. Barry entrou no carro e girou a chave na ignição.

Em algum lugar do estacionamento, outro motor foi ligado. Em silêncio, Barry deixou o carro rodar lentamente. Não viu nenhum movimento entre as fileiras de carros estacionados.

Coincidência, disse impacientemente a si mesmo. *Estou tão tenso quanto aquelas duas malucas.*

Ligou os faróis, engatou a marcha, saiu do estacionamento e entrou na Madison Avenue. Dirigiu devagar até o campus, ocasionalmente olhando o retrovisor. Viu luzes atrás dele, mas era o início de uma noite de sexta-feira, horário em que sempre tinha muito trânsito nas ruas.

Quando Barry virou na Campus Drive, o carro de trás também virou; entretanto, quando ele diminuiu e parou junto ao meio-fio, o carro o ultrapassou sem hesitar e desapareceu numa curva ao fim da rua.

Loucura, Barry repetiu para si mesmo. *Só porque Julie James decide entrar em pânico, eu de repente começo a pensar que tem gente me seguindo? Como falei pra ela, existem pervertidos aos montes neste mundo.*

Mas ele continuou com a sensação desconfortável de que um par de olhos perfurava suas costas, bem entre as escápulas, quando deixou o carro no estacionamento e atravessou o gramado até a entrada da fraternidade.

3

Havia um carro estacionado na frente da casa dos James quando Julie entrou na rampa de acesso da garagem. Seu primeiro pensamento foi que Bud tinha chegado mais cedo, mas uma segunda olhada lhe mostrou que aquele não era o Dodge creme dele.

A porta da frente da casa estava aberta, e vozes atravessavam a tela e chegavam a seus ouvidos enquanto ela cruzava o gramado e subia os degraus da varanda. Uma das vozes era de sua mãe, elevada por uma alegria incomum.

A segunda voz a deteve. Por um longo instante, Julie permaneceu imóvel, presa, congelada. Então sua mãe, sentada no lado oposto da sala de estar, de frente para a porta, ergueu os olhos e a viu.

— Julie, olha quem está aqui! É o Ray!

Julie abriu a porta de tela e entrou na sala, fechando a porta de madeira atrás de si.

— Oi — falou, um pouco sem graça. — Vi o carro parado aqui na frente, mas não o reconheci.

— É do meu pai — disse Raymond Bronson, levantando-se. Ele hesitou por um momento, como que avaliando a

melhor maneira de cumprimentá-la. Então estendeu a mão.
— Como vai, Jules?

— Bem. — Ela deu um passo à frente, colocou a mão na dele, segurou-a formalmente e então soltou. A mão estava mais calejada do que ela se lembrava. — Não sabia que você tinha voltado. Seu último cartão veio do litoral. Você falou que estava trabalhando num navio de pesca.

— Eu estava — afirmou Ray. — Mas o dono do barco tem um filho que trabalha com ele no verão. Não tinha espaço pra nós dois.

— Que pena... — Julie falou, porque não conseguiu pensar em mais nada para dizer.

— Nem tanto. Esse tipo de trabalho é assim, vai e vem. Eu já queria passar um tempo em casa mesmo. — Ray estava esperando que ela se sentasse, e ela o fez. Não ao seu lado no sofá, mas na poltrona em frente. Ele se sentou novamente em seu lugar. — Sua mãe me contou que você foi aceita na Smith. Isso é ótimo. Você deve ter estudado pra caramba.

— Estudou mesmo — disse a sra. James, orgulhosa. — Você não a teria reconhecido no último ano, Ray. Não sei se foi porque você não estava aqui para tirá-la de casa toda noite ou se foi porque ela decidiu se dedicar, mas o resultado foi fantástico.

— Isso é ótimo — repetiu Ray. A sra. James se levantou.

— Preciso colocar a cobertura numa torta lá na cozinha e sei que vocês dois têm muita coisa pra conversar. Vou trazer um pedaço pra vocês assim que a torta estiver pronta.

— Não posso ficar muito — comentou Ray.

— Eu tenho um encontro — avisou Julie. — Daqui a alguns minutos.

Seus olhos não se dirigiram aos dele quando ela disse isso, ainda que soubesse, é claro, que Ray provavelmente esperava que ela fosse sair com alguém numa sexta à noite. Sem dúvida ele tinha saído bastante na Califórnia. Ela imaginou o que ele iria achar de Bud. Bud era tão diferente dos garotos com quem ela havia saído na escola, tão diferente de Ray, ainda que o próprio Ray houvesse mudado muito desde a última vez em que ela o vira. Parecia mais velho. Estava bronzeado; o cabelo claro crescera espesso e cobria suas orelhas; e as sobrancelhas, acima dos felinos olhos verdes, agora eram pálidas, de tão descoloridas. Como Helen comentara, ele deixara a barba crescer. Era curta e grossa e parecia pertencer ao rosto de outra pessoa.

Os dois permaneceram sentados num silêncio constrangedor depois que a sra. James saiu da sala. E então falaram ao mesmo tempo.

— Que bom que você... — começou Julie.

E Ray disse:

— Eu só achei que...

Os dois pararam de falar. Em seguida, Julie disse com cuidado:

— Que bom que você passou aqui.

— Eu quis dar um alô — disse Ray. — Tenho pensado muito em você. Só queria saber como está.

— Estou bem.

No entanto, os olhos verdes que a conheciam tão bem, que a tinham visto passar por tantas situações – festas, piqueniques, testes para líder de torcida; que a tinham visto ser pega colando numa prova de matemática e ficar de cama com um caso raro de catapora logo antes da volta às aulas –, aqueles olhos a olharam com incredulidade.

— Você não parece bem — Ray falou. — Na verdade, você parece péssima. Aquilo continua te perturbando?

— Não. Eu não penso naquilo.

— Não acredito em você.

— Não penso — repetiu Julie. — Não me permito pensar. — Ela diminuiu a voz. — Tomei essa decisão logo depois do funeral. Sabia que, se ficasse pensando... Bom, que bem isso faria? As pessoas ficam malucas remoendo coisas que não podem mudar. — Julie fez uma pausa. — Mandei flores pra ele.

Ray pareceu surpreso.

— Mandou?

— Fui à People's Flower Shoppe e comprei umas rosas amarelas. Pedi para entregarem sem me identificar. Sei que foi bobagem. Que não ajudaria em nada. Eu só... só achei que tinha de fazer alguma coisa e não consegui pensar em mais nada.

— Sei como é. Eu me senti do mesmo jeito. Não pensei em mandar flores, mas ficava acordando no meio da noite e vendo aquela curva na estrada, aquela bicicleta surgindo de repente na escuridão, e então eu sentia o baque e o solavanco das rodas passando por cima. E eu apenas continuava deitado, tremendo.

— Foi por isso que você foi embora.

Era uma afirmação, não uma pergunta.

— Não é por isso que você está indo para a Smith? Pra sair daqui? Você nunca ligou muito pra faculdade. Sempre falava em fazer algum curso de informática ou alguma coisa aqui mesmo na cidade enquanto eu estivesse na Universidade. Estudar na Costa Leste nem passava pela sua cabeça.

— O Barry está na Universidade. Faz parte do time de futebol americano.

— Vi a Helen ontem, na hora do almoço. Ela estava bonita.

— Ela é uma Futura Estrela. Você sabia? O Canal Cinco tem um concurso de beleza baseado em fotografias, e a Helen ganhou. Agora ela trabalha em tempo integral representando a estação em todo tipo de evento, fazendo anúncios e dando pequenas notícias. Ela até apresenta o seu próprio *webcast* todas as tardes.

— Que bom. Eles ainda estão juntos?

— Acho que sim. Vi os dois hoje. — Julie sacudiu a cabeça.— Não sei como a Helen consegue. Ficar com ele, quero dizer. Ela estava lá, viu o que ele fez naquela noite, ouviu as coisas que ele disse. Como pode continuar achando que ele é tão maravilhoso? Como ela deixa aquele cara tocar nela?

— Foi um acidente — Ray se lembrou. — Deus sabe que o Barry não planejou aquilo. Podia ser eu dirigindo o carro. Teria sido, se eu não tivesse ganhado o banco de trás no cara ou coroa.

— Mas você teria parado.

Houve um longo silêncio enquanto aquelas palavras ficaram suspensas entre os dois.

— Será? — Ray enfim indagou.

— Claro — Julie falou rispidamente. E completou: — Não teria?

— Quem sabe? — Ray deu de ombros. — Fico dizendo a mim mesmo que teria. Você acha que eu teria. Mas como podemos ter certeza? Como saber o modo como alguém vai reagir numa situação como aquela? Todos nós tínhamos tomado umas cervejas e fumado um baseado. E foi tudo tão rápido...

— Você chamou a ambulância. Você queria voltar.

— Mas não insisti. Você também queria voltar, mas não voltamos. Deixamos o Barry nos convencer a fazer o pacto. Talvez eu quisesse ser convencido. Não sou melhor do que o Barry, Jules, não tente fazer dele o cavaleiro sombrio e de mim o príncipe no cavalo branco. As coisas simplesmente não são assim.

— Você é igualzinho à Helen. Vocês formam a Grande Sociedade Admiradora de Barry Cox. Vocês sempre o defendem, não importa o que ele faça. Você deveria tê-la ouvido hoje, implorando para ele telefonar no fim de semana. Que belo casal... É tão degradante!

— Não vejo nada de degradante em defender o namorado se ela gosta dele. — As sobrancelhas de Ray se juntaram para formar aquele olhar inquisidor que ela conhecia tão bem. — Mas o que você foi fazer na casa da Helen? Achei que tinha cortado relações, que tinha se afastado de todos nós.

— Cortei — disse Julie. — Quer dizer, eu queria cortar. Mas recebi uma carta pelo correio hoje. Ela me deixou perturbada, então liguei pra Helen, e ela ligou pro Barry, e de repente estávamos reunidos na casa dela. Agora eu queria ter ficado quieta e não ter dado essa importância toda pra carta.

Ray pareceu interessado.

— Que tipo de carta?

— Uma brincadeira, nada de mais. A Helen diz que recebe algumas ligações e e-mails também, mas eu nunca tinha recebido, por isso me descontrolei. — Ela abriu a bolsa e fisgou o envelope. — Aqui está se quiser dar uma olhada.

Ray se levantou, aproximou-se e se sentou no braço da poltrona, tirando a carta da mão de Julie. Então abriu-a e leu.

— O Barry acha que foi algum moleque que escreveu — disse Julie. — Que não significa nada. Que calhou de tocar numa ferida, só isso. — Ela parou e observou o rosto de Ray enquanto ele estudava a frase. — Você também acha?

— É possível. Mas seria uma tremenda coincidência. Por que mexeriam com você? Conhece alguém que poderia ter mandado isso?

— O Barry acha que pode ter sido algum garoto da escola.

— Você disse que tem um encontro. — Ele tirou os olhos do papel. — Esse cara com quem você vai sair hoje... ele é do tipo que gosta de pregar peças?

— Bem longe disso. O Bud é um cara legal. Mais velho. Sério em relação a tudo. Ele serviu o Exército e combateu no Iraque. A última coisa que faria seria ficar mandando bilhetes idiotas.

— Você está apaixonada por ele?

A pergunta foi tão súbita, tão fora da conversa até então, que Julie se viu despreparada.

— Não.

— Mas ele está apaixonado por você?

— Acho que não. Talvez um pouco. Ray, por favor, é só um cara legal que eu conheci na biblioteca. Ele me chamou pra sair e minha mãe tem me enchido o saco porque eu nunca saio, então aceitei. Depois, foi mais fácil simplesmente continuar saindo. Além disso, que diferença isso faz pra você? Você e eu... Não existe mais nada entre a gente.

— Não?

Ray estendeu a mão e a colocou delicadamente sob o queixo dela, erguendo um pouco o rosto de Julie para que ela o encarasse. O rosto que a olhava era conhecido, porém mais moreno e mais firme do que ela se lembrava, emoldurado por um cabelo desgrenhado e pela barba. Mas os olhos eram os mesmos. Estranho nenhum jamais poderia observá-la pelos olhos verdes de Ray.

— Tem, sim — ele falou. — E você sabe. Você sentiu, assim como eu, na hora em que entrou na sala. Por muito tempo nós tivemos uma coisa muito boa. A gente não esquece simplesmente.

— É assim que tem de ser. Estou falando sério, Ray. Estou mesmo. É o único jeito de esquecer. Eu vou embora daqui, vou deixar todas as pessoas e todos os lugares ligados àquela noite horrível e nunca mais olhar pra trás. Chega. Já que não tem como consertar, vou apagar.

— E você acha que é possível? — A voz dele soava triste. — Jules, uma coisa dessas não se apaga. No começo eu também achei que dava. Foi por isso que fiz as malas e fui embora. Lugares novos, gente nova... Achei que isso ia resolver. Mas não resolveu. Não dá pra fugir. Você na Smith, eu na Califórnia, essa coisa vai continuar com a gente. Acabei entendendo isso. Foi por isso que voltei.

— Se não dá pra fugir — Julie começou, a voz sufocada —, então o que fazer?

— Enfrentar.

— Você quer dizer quebrar o pacto?

— Não. Não podemos fazer isso. Mas podemos falar com eles. Podemos dissolver o pacto se todo mundo concordar.

— Nunca. O Barry nunca vai concordar e, se ele não concordar, a Helen também não vai.

A campainha tocou.

A mão de Ray caiu para o lado. Ele se levantou do braço da poltrona.

— Deve ser o seu amigo.

— Acho que sim. Ele vinha me pegar às oito.

Os olhos de Julie passaram nervosamente do rosto de Ray à porta.

— Não se preocupe, vou me comportar. Provavelmente vou até gostar dele. Afinal, o cara tem bom gosto para mulheres.

Eles caminharam juntos até a porta, e Julie apresentou os dois rapazes.

— Raymond Bronson? Você é parente do Chute Bronson, gerente da loja de esportes? — Bud perguntou.

— Filho dele. Fiquei sabendo que você acabou de chegar do Iraque. Cara, eu definitivamente não te invejo por isso.

Os dois rapazes apertaram as mãos civilizadamente e conversaram de maneira agradável por alguns instantes, como se pudessem se tornar amigos caso tivessem oportunidade. Depois, Ray foi embora, e Julie pediu licença a Bud para subir e pentear o cabelo.

Quando voltou, Bud ainda estava ao lado da porta, exatamente como ela o deixara. Ele a observou descer a escada com um sorriso e, por um momento, Julie teve vontade de chorar, porque o sorriso de Bud era um belo sorriso, e porque os olhos dele não eram verdes.

4

Uma das coisas mais agradáveis de ser a Futura Estrela do Canal Cinco, como Helen Rivers frequentemente lembrava a si mesma, eram os horários. Às onze da manhã, ela normalmente estava esticada numa espreguiçadeira, ao lado da piscina, aproveitando o Sol. Como, por acaso, esse dia em particular era sábado, a piscina não era exatamente só dela; um bando de professores também a usava. Mas, durante a semana, ela podia dormir metade da manhã e então descer e descobrir que tinha toda aquela adorável área só para si.

— Não consigo entender por que eles te pagam todo esse dinheiro — sua irmã Elsa às vezes comentava nos fins de semana em que Helen obedientemente comparecia ao jantar de domingo na casa da família. — Você não faz nada que qualquer um não possa fazer. É só sorrir, tocar músicas e fazer comentários bobos.

Elsa trabalhava oito horas por dia na Ward, uma loja de departamentos, e acreditava firmemente que o único tipo de trabalho digno era aquele que dava dor nas costas e sugava até a última gota de energia.

— Ah, não é só isso — Helen tentava explicar. — É preciso estar à disposição sempre que eles precisam de alguém para representar a estação nos eventos. E dar notícias no noticiário das dez pode acabar com a sua noite.

Até aos seus próprios ouvidos, a afirmação soava ridícula. Com toda a honestidade, Helen sabia que o fato de ter sido escolhida como Futura Estrela do Canal Cinco era a realização de quase todos os sonhos que sempre tivera.

Sua beleza era seu principal talento, e ela nascera realista o bastante para reconhecer esse fato desde cedo. Um dia, quando tinha doze anos, sentara-se diante do espelho e examinara a si mesma.

A imagem que vira era agradável, mas não o suficiente. De maneira fria, ela analisara seus atributos: boa estrutura, dentes alinhados, traços finos. Possuía um belo colo para a idade, mas muito volume no quadril. Sua pele era um tanto pálida, seu cabelo, um tanto comum, embora espesso e saudável. As mãos não eram particularmente pequenas e tinham dedos longos e artísticos, apesar das unhas roídas.

Ela parara com o hábito de roer as unhas imediatamente, por pura força de vontade. O resto levara mais tempo, sobretudo a perda de peso. Helen gostava de comer, e a comida servida em sua casa costumava ser do tipo barata e cheia de amido. Uma dieta severa colocara sua silhueta sob controle, e experimentos com cremes e maquiagem revelaram as luzes cor de mel em seu cabelo e emolduraram seus profundos olhos violeta, seu traço mais incomum, com cílios longos e azuis de tão pretos.

— O que você acha que é, uma princesa de contos de fada? — Elsa provocava.

Helen a ignorava. Seria ótimo, admitia para si mesma, se fosse esse o caso. Como a segunda filha numa família grande, ela não tinha ilusões a respeito de mágica e de fadas madrinhas. Bastava olhar a própria mãe, exaurida após anos de trabalho doméstico, malabarismos com o orçamento e cuidados com os filhos, e o pai, que suava diariamente como empreiteiro, para saber que suas chances de um futuro luxuoso eram pequenas.

Contudo, Helen era bonita, e isso poderia servir de alguma coisa. *Vai ter de servir*, dissera a si mesma, porque ela certamente não possuía nenhum talento acadêmico. Largar a escola para aceitar a oferta do emprego como Futura Estrela tinha sido mais um alívio do que um sacrifício. Só suportara a escola até aquele ponto por uma razão: havia se apaixonado.

Ela amara Barry Cox desde o primeiro momento em que o vira. Grande, ombros largos, bonito e popular, ele estava mais próximo da perfeição do que qualquer garoto que Helen jamais imaginara. Capitão do time de futebol vencedor da cidade, Barry poderia escolher a garota que quisesse. Ter escolhido Helen foi surpreendente, um verdadeiro milagre.

Tudo acontecera tão repentinamente que ela nunca entendera as circunstâncias exatas. Estava voltando da escola para casa quando um esportivo vermelho brilhante parara ao seu lado, e Barry estava dentro dele.

— Ei, você — ele dissera. — Entra, eu te dou uma carona.

Ao deixá-la em casa, a chamara para sair. Simples assim. E o mundo de Helen nunca mais fora o mesmo.

Agora, refestelada na espreguiçadeira, deixando o calor do sol da manhã penetrar em seu corpo, ela pensou: *Eu não devia ter ligado pra ele.*

Barry não gostava de ser pressionado. Ela aprendera isso com a mãe dele. Uma vez, logo depois que os dois começaram a sair, antes de Helen saber o número do celular de Barry, ela ligou para sua casa para confirmar a que horas ele a buscaria.

A sra. Cox atendera o telefone.

— Vou te dar um conselho, querida — dissera em sua voz fria e cortante. — Barry é um rapaz que não reage muito bem quando ficam no pé dele. Se quiser falar com você, ele vai ligar. O seu casinho vai durar mais se você entender isso, acredite em mim.

Desde então, ela só ligava para ele quando era absolutamente necessário. O telefonema do dia anterior parecera fazer parte dessa categoria, porém, em retrospecto, Helen compreendeu que não. Barry tinha ficado irritado; de fato, ele precisava estudar para as provas. Tirá-lo dos livros para fazê-lo lidar com aquele bilhete estúpido fora ridículo. A explicação dele havia sido tão razoável que agora parecia inacreditável que ela e Julie não tivessem pensado naquilo por conta própria.

— Com licença. Tudo bem se eu sentar aqui? — A voz estava imediatamente ao seu lado, o que a sobressaltou. Seus olhos se abriram de súbito e, por um instante, foram ofuscados pelo sol. — Desculpe — disse o rapaz —, não queria te assustar.

— Não assustou. Acho que cochilei. Não ouvi você chegando.

Helen protegeu os olhos com a mão para observá-lo. Absorveu os olhos castanhos, o cabelo castanho, um rosto forte e retangular, um corpo de estrutura média. Ele usava calção de banho verde-oliva.

Helen estava acostumada aos rostos do condomínio, e aquele não era conhecido.

— Você é novo aqui?

— Eu me mudei ontem. Apartamento duzentos e onze. Você se incomoda se eu me sentar?

— Não, claro que não. — Helen se reclinou na espreguiçadeira e observou preguiçosamente enquanto ele se acomodava numa espreguiçadeira idêntica, ao lado da sua. Havia muitos outros assentos em volta da piscina e diversas outras pessoas ao lado das quais ele poderia ter se sentado.

— Hoje é um dia disputado na piscina — ela disse. — Nos sábados, a maioria das pessoas não trabalha e tenta pegar um bronzeado. Eu me chamo Helen Rivers.

— Collingsworth Wilson, com o perdão do nome complicado. Acabei de sair do Exército. Estava na casa dos meus pais, nas montanhas, e finalmente decidi arrumar meu próprio apartamento. Acho que vou fazer os cursos de verão da Universidade.

— O cara com quem eu saio estuda lá. — Sempre que conhecia pessoas novas, fazia questão de introduzir alguma observação sobre Barry na primeira oportunidade. Descobrira que isso permitia o prazer de um flerte inocente sem apresentar o problema de ter de rejeitar qualquer proposta.

— Collingsworth é um nome diferente. As pessoas costumam te chamar de Collie?

— Tenho um apelido de família que meu irmão pôs em mim — o rapaz contou. — Mas pode me chamar de Collie. Muita gente me chama assim. Sou como um filhote bem treinado: respondo com qualquer nome.

— Um collie bem treinado? — Helen gracejou e abriu um sorriso. Ela não era muito de trocadilhos, mas aquele tinha sido fácil demais. — Prazer em te conhecer. Somos praticamente vizinhos de porta. Também moro no segundo andar, no duzentos e quinze.

— E quem é o namorado? — perguntou Collie. — Quero ter certeza de que não vou topar com ele.

— O nome dele é Barry Cox. Ele mora no campus, mas vem bastante aqui. Você vai conhecê-lo. Aqui todo mundo acaba conhecendo todo mundo no verão. — Ela fechou os olhos de novo e se virou de barriga para baixo, para que o sol alcançasse seus ombros. — A piscina é um ótimo lugar para conhecer pessoas. Todo mundo vem, bate papo, se diverte. O Four Seasons é um ótimo lugar para morar. Tenho certeza de que você vai gostar.

— Já estou gostando — ele respondeu. — Mas iria gostar mais ainda se a garota mais bonita do condomínio não estivesse amarrada a algum babaca antes mesmo de eu poder tentar qualquer coisa. Você está com esse cara há muito tempo?

— Quase dois anos. A gente namorava na escola, e ele certamente não é babaca. Você acha que estou me queimando?

— Não sei. Não dá pra saber o que está acontecendo debaixo de todo esse bronzeador.

— Bom, é melhor eu entrar. Já estou aqui há algumas horas. — Helen virou de barriga para cima e se sentou. — Não posso me dar ao luxo de descascar. Se eu ficar toda manchada, posso perder o emprego.

— Que emprego é esse em que você não pode ficar queimada de sol? Você é modelo ou algo assim?

— Eu sou a Futura Estrela do Canal Cinco. — Mesmo querendo, Helen não conseguia esconder o orgulho na voz. A sensação de poder afirmar aquilo ainda era muito nova. — Talvez você tenha me visto na TV.

— Se tivesse, com certeza me lembraria — disse o rapaz, sério. — Não vejo muita TV, mas vou ter de começar, pelo visto.

— Tem uma TV enorme na área de lazer — disse Helen, pegando o bronzeador e se levantando.

Ele vai ser um belo acréscimo aos homens daqui, pensou objetivamente. *Não é nem de longe tão bonito quanto*

Barry, mas muitas garotas vão gostar dele. Deixe aquelas duas professoras sedentas do duzentos e quatorze darem uma olhada nele. Elas vão se matar pra ver quem tira o primeiro pedaço.

— Aproveite o sol — ela falou. — Mas não vá cair no sono como eu, ou você vai virar um camarão. Esse sol do Sudoeste pode ser matador pra quem não está acostumado.

— Saquei. Boa sorte em não descascar. — Collingsworth Wilson ergueu a mão num gesto casual de despedida.

Ele é legal, pensou Helen enquanto dava a volta na piscina e subia a escada para o segundo andar. Ali, todas as portas dos apartamentos davam para um alpendre estreito. Ela caminhou lentamente ao longo do corredor e imaginou se estava muito vermelha. Havia sido uma besteira, ela sabia, passar tanto tempo sob o sol do meio do dia. O bronzeado podia ficar lindo na TV, mas precisava ser conquistado aos poucos, não de uma vez.

Se eu descascar, pensou, *talvez possa dar um jeito de usar isso numa matéria sobre o tempo*. "Hoje o dia foi agradável e quente. Espero que vocês, telespectadores, tenham tido mais bom senso do que eu." Era esse tipo de coisa que ela estava começando a aprender – a improvisar. Ao contrário do que Elsa dizia, o trabalho na TV não era só ficar bonita e sorrir. Era preciso pensar rápido e sob pressão, parecer natural e soltar gracejos aqui e ali para não parecer uma boneca.

Havia um papel grudado com fita adesiva na porta do seu apartamento. Ela não viu o papel até alcançá-lo e, então, tudo o que conseguiu fazer foi ficar parada e encará-lo.

Era uma foto recortada de um anúncio de revista. O texto tinha sido cortado, e o que restava era a imagem de um garotinho numa bicicleta.

5

Quando o envelope chegou pelo correio de manhã, Ray Bronson não ficou surpreso. Ele o abriu e tirou o recorte de jornal. Sabia o que a reportagem dizia, pois a lera muitas vezes antes. Agora leu-a de novo e experimentou todas as velhas sensações.

> Na noite de ontem, um menino de dez anos foi morto em um atropelamento seguido de fuga na Mountain Road, três quilômetros ao sul da área de piqueniques de Silver Spring. A vítima se chamava Daniel Gregg, filho de Michael e Mary Gregg, que moram na Morningside Road, 1279 NE. Daniel andava de bicicleta quando foi atingido por um veículo não identificado.
>
> Um telefonema de um suposto ocupante do carro informou o acidente às autoridades. Uma viatura policial e uma ambulância foram imediatamente enviadas ao local. O menino estava consciente quando o resgate chegou, mas morreu a caminho do Hospital St. Joseph.
>
> O sr. Gregg disse aos repórteres que seu filho estava na casa de um amigo, na região da Mountain Road, e

obviamente decidiu voltar para casa durante a noite. A bicicleta não tinha farol nem refletores.

A polícia está à procura do carro que atingiu o garoto. Vestígios de tinta encontrados na bicicleta indicam que o veículo era azul-claro.

Daniel deixa os pais, um meio-irmão, uma meia-irmã, um avô materno, duas tias, um tio [...]

Ray dobrou o artigo e o colocou de volta no envelope. Seu endereço, escrito com as mesmas letras pretas e manuscritas que formavam a mensagem enviada à Julie, o encarava.

Não é uma brincadeira, disse consigo. *Definitivamente, não é uma brincadeira.*

Não que em algum momento ele houvesse acreditado que fosse. Porém, como Julie achara que sim, não fazia sentido insistir no assunto. Era possível. Poderia ser uma brincadeira. E, afinal, ela estava convencida.

No entanto, ele sabia em seu coração que não era.

Chegou a nós, pensou. *Finalmente.* O que o surpreendia era justamente o fato de não estar surpreso. Era como se soubesse, lá no fundo, que isso iria acontecer. E era a razão por que tinha voltado para casa e, um ano antes, a razão por que havia partido.

O Raymond Bronson de um ano antes era um cara frouxo. Sempre fora pequeno, o que contribuía para isso. Não que fosse exatamente baixo – um metro e setenta e cinco era uma altura aceitável –, mas era magro, de ossos leves e não muito favorecido de músculos. Em algumas famílias, esse fato não teria tido importância. Mas, quando se é o único filho de um homem que havia sido jogador profissional de futebol americano, tinha muita importância.

Herb Bronson, pai de Ray, fora conhecido na juventude como O Chute. Os amigos daquela época ainda o chamavam pelo apelido, e ele mesmo, meio de brincadeira, às vezes se referia a si próprio assim.

— O jantar já está pronto? — Herb Bronson gritaria ao chegar em casa, à noite. — O Chute está com tanta fome que é capaz de comer um boi!

E a sra. Bronson, ocupada na cozinha, riria e gritaria em resposta:

— Que sorte a minha! Boi cozido é exatamente o que eu planejava servir!

O Chute não tivera uma carreira particularmente longa ou gloriosa. Sofrera uma lesão no joelho em seu segundo ano como *halfback* defensivo e relutantemente se aposentara da vida de atleta profissional. Era, contudo, um homem de negócios de grande sucesso. A Bronson Produtos Esportivos havia sido a primeira loja do ramo a se tornar uma pequena cadeia de lojas em dois estados do Sudoeste.

A constituição física de Ray sempre fora motivo de decepção para O Chute, e Ray sabia disso. Ao mesmo tempo, estava ciente de que seu pai o amava. As provocações vinham salpicadas de afeto:

— Ei, Bobalhão — Herb Bronson diria jovialmente. — Quando você vai ganhar algum peso?

E, no Natal, metade do estoque das lojas Bronson surgiria debaixo da árvore: bolas de futebol, protetores de ombro, tacos, raquetes, luvas de boxe e equipamentos para acampar.

Ray não ia mal nos esportes menos populares: fazia parte da equipe de golfe da escola e jogava tênis razoavelmente bem. Era o futebol americano que estava além das suas capacidades. Conseguira chegar ao time reserva na pré-adolescência, quando muitos de seus colegas ainda não tinham crescido tudo o que viriam a crescer, mas, de repente, no ensino médio, Ray se vira cercado de indivíduos enormes e com peso que chegava a noventa quilos ou mais.

Os garotos eram amistosos, e a maioria já ouvira falar de Chute. Se não podia competir com eles fisicamente, Ray era superior a muitos academicamente. Respeitavam-no por isso, e, como era um professor nato, muitas vezes se fazia útil como tutor. Sem ser ele próprio um grande atleta, tinha muitos amigos atletas.

Na primeira vez que levara Barry Cox para jantar em sua casa, seu pai e Barry ficaram conversando diante de intermináveis copos de leite por duas horas inteiras depois da refeição, repassando jogadas da carreira de Herb e outras, mais recentes, protagonizadas por Barry.

— Garoto esperto — observara o sr. Bronson naquela noite, depois que Barry se fora. — Vai fazer sucesso, aposto. Vocês são bons amigos, Bobalhão? Andam sempre juntos?

— Sim — dissera Ray.

— Muito bom — o pai comentara em aprovação. — Gosto de saber que você tem amigos assim.

Depois, naquele mesmo ano, quando Ray começara a sair com Julie James, a reação havia sido semelhante.

— Namorando uma líder de torcida, hein? Puxou ao seu velho! Na minha época eram as belezuras da escola. Para ficar com uma líder, você tinha de ser homem de verdade.

Julie era mais do que isso. Muito mais. Mas isso Ray não contara ao pai. Simplesmente arqueara uma sobrancelha e fizera um ligeiro gesto de "aos Bronson" com a mão, e seu pai batera em seu ombro de um jeito de homem para homem. Era uma decepção, sem dúvida, ter um filho que não fora capaz de seguir seus passos, porém Ray tinha o espírito dos Bronson e fazia o melhor que podia, e O Chute sabia e o respeitava por isso.

Esse era o Raymond Bronson de um ano antes. Às vezes, quando Ray se lembrava de si mesmo, era como se visse outra pessoa.

Eu não era ninguém, pensou, incrédulo. *Ninguém de verdade. Eu era uma espécie de sombra, parte meu pai, parte Barry, sem chegar a ser nenhum dos dois e sem saber o que mais podia ser. Não sei o que Julie viu em mim.*

Mas ela vira algo.

— Eu te amo — Julie dissera uma vez. Só uma vez. Eles não costumavam ficar melosos. Normalmente, só brincavam e se divertiam.

Mas, em certa ocasião, ela se virara para ele de repente e vira algo em seu rosto que se refletira no dela. Eles não estavam se beijando nem nada. Acontecera bem no meio de uma tarde de domingo, os dois estavam jogando algum jogo de cartas maluco no chão da sala de estar dos James, e então Julie o olhara e dissera:

— Eu te amo.

Bem, isso estava no passado. Ela não o amava agora. Esse amor se extinguira para sempre em um instante, em uma noite de verão, tão veloz e irrevogavelmente quanto a vida de um garotinho.

Barry estivera dirigindo rápido demais. Barry sempre dirigia rápido demais, na verdade; mas dirigia bem, e ninguém se incomodava com isso. Helen estava sentada ao lado dele, no assento do carona. Ray se lembrava disso porque se recordava do cabelo dela caindo nas costas do assento, movendo-se de um lado para o outro à medida que o carro fazia as curvas.

Tirando isso, não se lembrava de muita coisa, porque ele e Julie se beijaram durante toda a viagem. O carro era de Ray, mas, como sempre faziam, ele e Barry jogaram cara ou coroa para ver quem ficaria com o banco de trás, e daquela vez Ray ganhara. Julie estava estendida em seus braços e usava uma camiseta rosa que se colava às suas curvas e revelava sua barriga lisa.

Subitamente, enquanto eles se beijavam, Helen gritara. O grito fez com que ambos se endireitassem num instante. Não houvera tempo para ver muita coisa antes que tudo aquilo acontecesse. A bicicleta fora revelada pelo brilho dos faróis. Do banco de trás, eles viram o menino. Usava uma camisa listrada. Então o baque, o som de esmagamento, e continuaram adiante.

— Meu Deus! — Julie sussurrara ao seu lado. — Nós o atropelamos!

Ray tentara lhe responder, mas de algum modo sua voz não funcionava. O carro não tinha parado. Estava em movimento. Ia ainda mais rápido. Fizera a curva seguinte numa velocidade tão alta que eles foram todos jogados para o lado e Julie tinha caído em cima dele e ficado ali, agarrando-o e sussurrando sem parar:

— Ray, Ray, nós o atropelamos!

— Volta! — Ray conseguira grasnar. — Nós precisamos voltar!

— Voltar? — Barry gritara por cima do ombro. — Do que isso vai adiantar?

No banco do carona, Helen chorava descontroladamente. Julie se inclinou para a frente, desvencilhando-se de Ray.

— Aquele garotinho! A gente precisa voltar e ajudar!

— Ajudar? Ninguém aqui é médico. Não tem nada que a gente possa fazer. — Barry diminuíra a velocidade e passara a dirigir com mais calma. — A gente chama uma ambulância quando chegar na cidade. É o melhor que podemos fazer.

— Não podemos esperar até lá — dissera Ray. — Vou ligar agora.

— Ainda não — Barry falara. — Espera até chegarmos à autoestrada.

E, imóvel, Ray esperara, tal como Barry instruíra – uma espera que hoje sabia ter sido imperdoável. Passaram-se dez minutos intermináveis até que discasse para a emergência.

— Houve um acidente — dissera, frenético — na Mountain Road, ao sul de Silver Springs. Logo depois da junção com a trezentos e um. A gente atropelou um garoto de bicicleta.

— Quem está ligando? — a voz da operadora de emergência perguntara.

— Meu nome é...

— Cala a boca! — Barry gritara, e Ray, obedecendo-lhe instintivamente, apertara o botão de desligar. — Você já falou o suficiente — continuara Barry, o tom de voz agora mais baixo. — Já contou o que aconteceu e onde. Uma ambulância estará lá em alguns minutos. Não faz sentido dar nomes.

— Vão pegar nossos nomes quando a gente voltar lá — dissera Ray, detendo-se ao finalmente se dar conta de tudo. — Nós não vamos voltar, não é?

— Pra quê? — perguntara Barry.

— Pra... Porque... a gente precisa voltar.

— A gente não precisa fazer nada — dissera Barry.

No assento da frente, Helen parara de chorar. Julie não dizia nada; parecia tão ausente quanto um zumbi. Não havia luz suficiente para distinguir o rosto de nenhuma das duas.

— Barry não quer voltar — falara Ray, já que ambas não pareciam ter assimilado o que ele dissera.

— Nem eu — Helen se pronunciara. — Mas acho que a gente precisa, não é? Ah, meu Deus, não quero voltar e ver... ver o que a gente fez.

Ela soltara um suspiro entrecortado e começara a chorar de novo, baixinho.

— Não se trata do que a gente quer fazer — Julie dissera apaticamente. — Trata-se do que a gente tem de fazer. É a lei.

— Que coisa mais nobre. — Barry passara à faixa mais à esquerda da estrada, tomando bastante cuidado para ficar abaixo do limite de velocidade. — É muito fácil pra vocês tomar essa decisão, mas quem vocês acham que vai ser acusado de homicídio culposo se o moleque resolver morrer? Era eu quem estava dirigindo. E sou o único maior de idade entre nós.

— Verdade — dissera Ray. — Você tem dezoito.

— Pois é. Nada de tribunal de menores pra mim. Vai ser pra valer. Serei julgado como adulto.

— Mas foi um acidente! — protestara Helen. — Todos nós podemos testemunhar. A bicicleta surgiu do nada. Fizemos a curva, e lá estava ela. Sem farol. Sem refletor. Não foi nossa culpa.

— Você acha que isso vai fazer alguma diferença? — Barry questionara. — A gente estava na farra. Tomamos cerveja, fumamos um baseado. A polícia vai perceber isso assim que descermos do carro. E foi atropelamento e fuga. Ah, claro, Ray ainda ligou pra avisar. Mas, tecnicamente, é atropelamento e fuga. Uma das piores acusações que existem.

— Talvez ele não tenha morrido — dissera Julie. — Provavelmente só está machucado.

— Mesmo assim, é atropelamento e fuga.

— Eu também sou responsável — Ray falara. — Afinal, o carro é meu.

— E você estaria dirigindo se não tivesse ganhado no cara ou coroa. — Barry se virara para fitá-lo. — Você é o cara inteligente que pulou uma série. Ainda tem dezessete anos. Se quer se entregar, pode voltar e fazer isso.

— Falar que era eu quem estava dirigindo, é isso que você quer dizer? — Ray tentara, mas não fora capaz de esconder o horror em sua voz.

— Você poderia fazer isso — dissera Helen. — Se está tão determinado assim a confessar. A pior coisa que pode acontecer é perder a carteira de motorista por alguns meses. O carro é seu, e, como Barry falou, você só não estava dirigindo por pura sorte.

— Isso é ridículo! — Julie falara rispidamente. — Ele não estava dirigindo, e seria idiota da parte dele dizer que estava. Isso ficaria na ficha dele pra sempre.

— Então, tudo bem o Barry ir pra cadeia, mas Deus que me perdoe se o seu amado Ray ficar com a ficha manchada? — A voz de Helen tremia com a emoção. — Que tipo de amigos vocês são, querendo oferecer Barry como uma espécie de sacrifício humano? Vocês não têm nada a perder. Ele tem.

— Ela tem razão — Ray dissera em voz baixa. — Tudo recairia sobre Barry. Ele não é mais responsável do que qualquer um de nós, exceto pelo fato de que, por acaso, estava dirigindo.

— Dirigindo rápido demais — Julie observara. — Você sabe que sim. Ele sempre dirige rápido demais.

— Você alguma vez reclamou? — Barry indagara amargamente. — Se estava tão preocupada assim com o meu jeito de dirigir, por que não falou nada? Você estava desesperada para ficar no banco de trás hoje: "Ah, Ray, Ray, nós ganhamos, nós ganhamos!". Você sabia que eu estava um pouco alto. Mas isso não te incomodou naquela hora.

— Vamos votar — dissera Helen. — Vamos decidir assim.

Um silêncio momentâneo pairou. Então Barry falara:

— Ok. Vocês dois concordam em votar?

— Vai dar empate — falara Julie.

— Então, vamos decidir no cara ou coroa.

— Não se joga cara ou coroa pra decidir uma coisa dessas.

— De que outra forma vamos decidir?

— Temos de votar — dissera Helen. — É o único jeito. Eu voto para não voltarmos. A gente simplesmente vai pra casa e deixa a polícia, os médicos e sei lá mais quem cuidar de tudo. Do que adianta a gente voltar? Não podemos ajudar.

— O meu voto é igual ao da Helen — afirmara Barry.

— Bem, o meu, não — Julie dissera resolutamente. — Eu voto para voltarmos... *agora*.

— Mas você vai respeitar o resultado final? — Barry pressionara.

— Se votarmos, sim. Se jogarmos cara ou coroa, não. Se der dois a dois, eu mantenho a decisão de voltarmos. — E, confiante, ela se virou para Ray.

— Eu voto... Eu voto...

Ray olhara para Barry. Não conseguia vê-lo direito no carro escuro, porém percebera a maneira tensa como ele estava sentado, o modo como suas mãos agarravam o volante.

Em um lugar distante era possível ouvir o som de uma sirene.

— Ele é meu melhor amigo, Julie — Ray falara em voz baixa.

Ela o encarara, incrédula.

— Você está dizendo que vai votar como eles? Ray, você não pode!

— Barry está certo, do que adianta voltarmos agora? O estrago está feito. O pobre garoto vai receber toda a ajuda de que precisa antes que possamos chegar lá. Seria muito injusto deixar o Barry levar a culpa por todos nós.

— Não acredito — Julie sussurrara. — Eu simplesmente não acredito que você está dizendo isso.

Após um longo silêncio, finalmente Barry se pronunciara:

— Então, pronto. Fizemos um pacto, e ninguém pode quebrá-lo. Agora vamos voltar à cidade, nos separar, e cada um vai pra sua casa.

Na manhã seguinte, a notícia do acidente saíra no jornal. Ray a lera durante o café. Sentado à mesa, ouvindo o pai recitar a página de esportes, sentindo o cheiro das panquecas que a mãe tinha acabado de colocar à sua frente, ele vira a notícia na página dois, ao lado dos obituários, e soubera que iria vomitar. "Daniel Gregg... consciente quando o resgate chegou... morreu a caminho do Hospital St. Joseph..."

— Com licença — Ray murmurara, pondo-se de pé rapidamente. — Não estou com muita fome.

— O que foi... Ray? — perguntara sua mãe, preocupada, mas ele já havia saído da sala antes que ela pudesse detê-lo.

Mais tarde, Ray telefonara para Julie. A sra. James atendera o telefone.

— A Julie não está se sentindo bem, Ray. Por que você não liga à noite?

Ele ligara, e Julie atendera com um fio de voz:

— Não quero conversar. Agora, não. Sobre nada.

E então ele soubera que tudo estava acabado. Desligara o telefone, enterrara o rosto nas mãos e, pela primeira vez desde que era criança, chorara.

Agora, quase um ano depois, lendo aquela notícia outra vez, a mesma sensação fria tocou seu coração. O recorte já estava amarelado. Alguém o manipulara e o lera muitas vezes. Tinha um vinco no meio e cheirava a dinheiro velho. Alguém o guardara na carteira, talvez, para encará-lo várias vezes ao dia. Alguém finalmente havia tomado uma decisão e enviado um envelope com o recorte a um garoto de dezoito anos chamado Raymond Bronson.

Por quê?, perguntou-se Ray. *Será que a pessoa que mandou isto realmente sabe de alguma coisa ou só desconfia? O que essa pessoa sabe exatamente? Quem é? Como sabe? E, mais importante, o que vai fazer a seguir?*

6

No feriado do Memorial Day, Barry Cox jantou com os pais. À mesa, conversaram sobre o verão que estava chegando. Sua mãe queria que ele passasse a temporada em casa com a família.

— Então, em agosto — disse ela —, pensei que poderíamos fazer uma pequena viagem à Costa Leste, só nós dois. Sei que você adora dirigir o Lexus, e já tem uns bons quatro anos que não visitamos a tia Ruth e o tio Harry. Se o seu pai conseguir uma semana de férias, talvez possa pegar um avião e nos encontrar lá. Podíamos até passar uns dias em Nova York e assistir a uns musicais.

— Não sei, mãe — Barry falou. — Eu meio que tenho outras coisas em mente pro verão.

— É mesmo? — A sra. Cox pareceu surpresa. — Pelo amor de Deus, o quê?

— Cursos de verão? — perguntou o pai. — Um emprego?

O sr. Cox era um homem quieto, alguns anos mais velho do que a esposa. Tinha o cabelo grisalho, e Barry não se lembrava de já tê-lo visto de outra cor. Trabalhava como engenheiro elétrico no Sandia National Laboratories, e sua mente e seus olhos frequentemente pareciam focalizar um ponto um pouco além do alcance das demais pessoas.

— Lou Wheeler e outro dos rapazes vão para a Europa — disse Barry. — Vão passar o verão lá, viajando, dormindo em albergues, vocês sabem, o pacote completo. Eles me chamaram pra ir junto.

— Parece que serão três meses bem caros — o sr. Cox comentou secamente.

— Na verdade, não. Universitários têm algum tipo de desconto na passagem, e os albergues saem quase de graça. A comida não é mais cara do que aqui.

— Não me parece um bom jeito de conhecer a Europa. — A sra. Cox depositou o garfo de salada ao lado do prato. — Eu tinha pensado em te dar uma viagem à Europa como presente de formatura, uma viagem bem especial em que nos hospedaríamos em bons hotéis, comeríamos em restaurantes famosos, esses sobre os quais a gente sempre lê, e iríamos a concertos; enfim, tudo. Era pra ser surpresa.

— Isso seria só daqui a três anos — disse Barry.

— Eles passam bem rápido, querido. Voando. Nem parece possível que você já tenha terminado o primeiro ano da faculdade. — A mãe sorriu afetuosamente para ele. — Você precisa de um verão para descansar e redescobrir a sua família. Você anda tão envolvido nos estudos que mal nos vemos.

Era a mesma lenga-lenga que ele já ouvira um milhão de vezes. Seus dentes estavam cerrados, e os dedos dos pés abriam buracos nos sapatos quando finalmente voltou à casa da fraternidade.

Ao entrar em seu quarto, Barry deparou-se com um jogo de cartas em andamento. Uma mesa havia sido trazida da sala de estar, e quatro sujeitos se encontravam sentados em volta dela.

Lou Wheeler, seu companheiro de quarto, parou brevemente de distribuir as cartas para cumprimentá-lo:

— Ei, Cox, por onde você andou? A sua Futura Estrela está atrás de você.

— Ah, é? — Barry fechou a porta e se sentou na beirada da cama. — Fui fazer a visita obrigatória aos meus velhos, para tentar convencê-los a me darem alguma verba para o verão. E meu celular morreu.

O garoto à direita de Lou ergueu os olhos, surpreso.

— Achei que seu pai fosse cheio da grana.

— E é, mas é a minha mãe quem libera o dinheiro. Foi um pesadelo dirigir pelo campus. Está rolando um show pirotécnico no estádio, está tudo engarrafado.

— Uns alunos vão fazer uma manifestação contra o Memorial Day, faixas pretas, fogos e tal. Quem precisa de um dia pra honrar a guerra? — Lou começou a arrumar as cartas que recebera. — Você não vai ligar pra Helen? Ela parecia estar louca para encontrá-lo, se é que você me entende.

— Ligo de manhã — Barry falou. Lou deu um assobio.

— Você tá maluco, cara? — Ele fez um gesto para a cômoda. — Olhem aquela foto! Vocês conseguem imaginar dispensar uma gostosa dessas?

Houve gargalhadas e algumas observações grosseiras, mas amigáveis, dos outros jogadores. A foto de Helen tornou-se objeto de estudo geral.

— Se você cansar dela — disse um rapaz —, é só me passar o telefone.

— Talvez eu faça isso mesmo.

Ele próprio continuou estudando a foto depois que os demais voltaram ao jogo. Era uma foto tirada no penúltimo ano da escola, aquela que Helen havia mandado para o canal de TV, melhorada com Photoshop. O cabelo estava um pouco dourado demais, e a cor dos olhos não era bem aquela. No canto inferior direito, Helen escrevera em sua caligrafia redonda e infantil: "Com todo o amor, Heller". O retrato significara algo quando ela o dera a Barry, mas agora era só mais um item na cômoda. Ele raramente o olhava, porém tinha de admitir que dava uma ótima peça de exibição. A própria Helen era uma boa peça de exibição, e essa era uma das razões pelas quais ele não a tinha largado. Nunca pensara que o relacionamento fosse continuar depois da escola. Na verdade, no começo, nem mesmo havia imaginado que aquilo chegaria a ser um "relacionamento".

Estava dirigindo da escola para casa e a vira andando na calçada, rebolando o quadril como sempre fazia. Era peituda. Notara isso mesmo com ela de costas. Quando parara ao seu lado, vira que era ainda melhor de frente.

Aquele primeiro encontro tinha surgido no calor do momento. Ela era uma gata, estava disponível, e ele não tinha outros planos para a noite.

Então, sua mãe se intrometera.

— Uma garota com aquele corpo — dissera — deveria ao menos usar sutiã. E aquela cor de cabelo não pode ser natural. Ninguém tem o cabelo tão dourado. Barry, querido, com tantas boas meninas por aí, como a Ann Stanton, ou a filha dos Weber, você realmente quer gastar seu tempo e seu dinheiro com alguém assim?

Esse comentário, é claro, selara o negócio.

— Sim — Barry falara. — Eu gosto dela. — Até aquele momento, ele não tinha realmente pensado no assunto. — Ela sabe das coisas — acrescentara, o que fizera a cabeça de sua mãe girar. Com isso, Barry estava publicamente comprometido. Helen Rivers era sua namorada.

Sua intenção era dar um fim àquela história antes de começar a faculdade. A princípio, esperava que isso acontecesse naturalmente quando ele fosse frequentar uma universidade em outro estado, o que não dera certo. Nenhuma universidade tentadora lhe oferecera uma bolsa para jogar futebol, e sua mãe decidira que ele deveria frequentar a universidade local.

— Assim você vai estar por perto — ela lhe dissera. — Pode até morar aqui em casa, se quiser. Caso entre numa fraternidade, pode ao menos nos visitar nos fins de semana.

Então ele planejara romper com Helen no fim do verão.

No entanto, duas coisas aconteceram. Primeiro, aquele maldito acidente. Helen o defendera com unhas e dentes; Barry não tinha certeza se Ray e Julie teriam concordado com o pacto se Helen não tivesse insistido. Ele devia a ela algo por isso e sabia, então decidira adiar um pouco o rompimento.

Aí, do nada, surgira a história da Futura Estrela. Ele tinha de admitir que aquilo o impressionara, toda a publicidade e todo o glamour de ter uma namorada que estava na TV e era conhecida por todo mundo na cidade. Era bom ser visto ao lado da Futura Estrela do Canal Cinco. As pessoas sempre apontavam para ela na rua e perguntavam se era mesmo a Helen Rivers.

Mas já bastava. A coisa toda estava ficando pegajosa demais. Uma garota bonita daquele jeito não deveria ser tão insegura, porém Helen parecia uma exceção. Estava sempre pedindo confete: "Barry, você gosta dessa roupa?", "Você acha que meu cabelo fica bom desse jeito?", "Você acha que eu engordei desde o último verão?".

E, para piorar, Helen começara a falar em casamento. Casamento! E ali estava ele, com dezenove anos recém-completados, sem ainda ter feito nada nem conhecido lugar nenhum.

— Sem chance, Heller — ele dissera. — Ainda tenho três anos de faculdade pela frente antes de poder sequer pensar nisso.

— Isso não importa — ela insistira. — Muita gente se casa ainda na faculdade. Eu não me importaria de trabalhar. Na verdade, iria até gostar.

— Que absurdo. Mulher minha não trabalha.

Fora a primeira resposta em que ele conseguira pensar, e mesmo a seus próprios ouvidos a afirmação soara ridícula. Todas as mulheres casadas trabalhavam, ao menos até terem filhos. Será que Helen queria filhos? Sim, provavelmente sim. Um bebê berrando e vomitando o quanto antes.

Estremecendo, ele se censurara por sua falta de coragem.

Simplesmente deveria ter dito: "Tenho muito para viver antes de me prender a alguém, e, quando fizer isso, não será a você". Às vezes, Helen o lembrava sua mãe, o que era uma loucura, porque, no mundo inteiro, não havia duas pessoas mais diferentes. Mesmo assim, quando estava com elas, tinha a mesma sensação de sufocamento.

Ray Bronson havia ido embora por um ano, desistira da faculdade, vagara pelo litoral da Califórnia, sem manter contato com quase ninguém. Nos últimos meses, houvera momentos em que o simples fato de pensar em Ray enchia Barry de inveja. Só a ideia de estar longe do domínio dos pais, sem pressão! Mas aí a parte racional de sua mente se manifestava: isso soava romântico, claro, mas quem realmente queria pular de um empreguinho ridículo a outro, servindo mesas, lavando carros ou trabalhando num barco pesqueiro, apenas para ter o que comer e um lugar para dormir?

Era preciso aceitar os fatos. Se queria que seus pais pagassem as contas, Barry tinha de viver do jeito que eles impunham. Já a situação com Helen era diferente. Ele não era obrigado a suportá-la. Fora bom por um tempo, mas, quando algo bom se torna um porre, é hora de acabar.

O telefone do corredor estava tocando. Depois de tocar algumas vezes, parou.

Bateram na porta.

— O Cox está aí? — alguém chamou. — Telefone.

— Mais uma garota, provavelmente — disse Lou com inveja mal disfarçada na voz. — Cara, o que é que você tem? Vende a fórmula para mim?

— Charme. Nada além de charme.

Barry se levantou da cama. Ao passar pela cômoda, pegou o retrato e o virou de cabeça para baixo. No dia seguinte, iria se livrar dele e recomeçar do zero. Enquanto isso, resolveria a parte difícil – e por telefone era melhor do que cara a cara. Como dissera a ela que ligaria e não havia ligado, Helen começaria a conversa em vantagem. Ele podia reagir a isso, se zangar por ela não estar sendo sensata quando sabia que estava afundado nos estudos. Não seria um jeito ruim de lidar com aquilo.

Dois de seus colegas da fraternidade se aproximaram pelo corredor no momento em que Barry alcançou o telefone da casa.

— Não demora, Cox — um deles falou com bom humor. — Preciso combinar um encontro que promete.

— Não vou demorar — respondeu Barry. — Isso eu garanto. Mas pode haver uma explosão. — O fone pendia na extremidade do fio. Ele o fisgou e o encostou no ouvido. — Cox falando.

Poucos instantes depois, colocou o fone de volta no gancho e se virou para os rapazes a seu lado.

— É todo seu.

— Cara — o primeiro dos rapazes falou com um misto de admiração e surpresa —, se eu falasse desse jeito com a minha namorada, ela me daria um tiro! — Ele pegou o telefone e começou a discar.

Barry percorreu o corredor, saiu pela porta lateral e se dirigiu ao estacionamento. O céu a oeste, sobre o estádio, estava iluminado por pequenas estrelas vermelhas. Elas voaram para longe umas das outras e desbotaram até desaparecerem como gotas d'água numa chapa quente. Os gritos abafados da multidão que assistia ao show pirotécnico se fizeram ouvir.

Barry seguiu até o fim da calçada, atravessou a rua e entrou no campo de atletismo. Na outra extremidade, erguiam-se as arquibancadas, uma massa negra contra o céu. A silhueta delas foi bruscamente recortada quando mais um foguete subiu, e a plateia explodiu em urros de aprovação.

Barry parou e tentou acostumar os olhos às súbitas mudanças entre luz e trevas. Então, uma lanterna subitamente se acendeu à sua frente, o feixe direcionado exatamente para o seu rosto.

— Ei, qual é? — Ele ergueu as mãos para proteger os olhos.

O barulho dos fogos de artifício foi suficientemente alto para que Barry não se desse conta de que o som a seguir era o de um disparo, mas então ele sentiu a bala rasgar sua barriga e chegar à sua coluna.

7

Todos ficaram sabendo naquela mesma noite.

Ray soube pelo pai. Chute, que ficara mexendo em alguns papéis em seu escritório enquanto ouvia um jogo no rádio, subiu e bateu na porta do filho.

— Ray? — ele estrondou. — Aconteceu um negócio desgraçado com um amigo seu.

Quando Ray abriu a porta, seu pai lhe contou sobre a notícia que tinha interrompido a transmissão da partida: Barry William Cox, calouro da Universidade, tinha sido encontrado por um segurança do campus, caído e gravemente ferido, no meio do campo de atletismo.

Os estudantes da área estavam sendo interrogados, mas ninguém se lembrava de ouvir nenhum tiro.

— Havia tanto barulho — comentara uma menina —, com os fogos de artifício, que um estampido a mais dificilmente seria percebido por qualquer pessoa.

Outro estudante, colega de fraternidade de Cox, relatara ter ouvido uma conversa de Barry ao telefone pouco antes do disparo:

— Ele estava combinando de se encontrar com alguém. Conhecendo o Barry, provavelmente uma garota. Ele foi bem seco no telefone, como se estivesse zangado com alguma coisa.

Segundo a notícia do rádio, o rapaz ferido havia sido levado de ambulância para o hospital St. Joseph.

Ray imediatamente ligou para o hospital. Disseram-lhe que Barry Cox estava sendo operado. Não havia informações sobre seu estado.

Seu segundo telefonema foi para a casa dos pais de Barry. Ninguém atendeu. O terceiro, para Julie.

Helen Rivers soube do disparo de uma forma bizarra. Ela estava de pé no estúdio de TV, esperando para apresentar o boletim do tempo, substituindo o apresentador oficial, que estava doente. Para seu horror, escutou o âncora, sentado a cerca de dois metros de distância, divulgar a notícia como parte do noticiário das dez.

Por sorte, a câmera não focalizava o rosto dela naquele momento.

Alguns instantes depois, para seu próprio assombro, Helen calmamente informou aos telespectadores que a temperatura máxima daquele dia havia sido de vinte e oito graus, que a mínima esperada para a noite era de vinte e que chovera na região norte do estado.

Então, quando terminou sua participação, foi ao banheiro feminino e se entregou à histeria.

Collie Wilson assistia ao noticiário na enorme TV da sala comum do Four Seasons. Quando ouviu a respeito do tiro, entrou no carro e dirigiu até o Canal Cinco.

— Eu vim buscar Helen Rivers — ele disse à primeira pessoa que viu ao entrar no prédio.

— Graças a Deus! — o homem falou. — Nós a deitamos no lounge. Não sabíamos o que fazer com ela. Ela quer ir para o St. Joseph.

— Estou aqui para levá-la.

— Venha comigo. Apenas tire-a daqui.

O homem guiou Collie por um corredor, por meio de uma porta e então por outro corredor. Collie ouviu Helen muito antes de se aproximar dela.

Quando chegou ao lounge, indagou-se por um instante se tinha encontrado a pessoa certa. A garota à sua frente estava acabada. Seus olhos estavam vermelhos e inchados, e seu rímel escorrera bochecha abaixo, formando longas listras negras. O rosto se contorcia em um choro.

— Ei — disse Collie. — Você se lembra de mim? Seu amigo da piscina? — Ele se sentou ao lado de Helen e pousou as mãos em seus ombros. — Olha, é melhor parar com isso. Não está ajudando em nada. Quer uma carona até o hospital?

Helen fez que sim e engoliu o choro.

— Então se recomponha. Vá lavar o rosto, sei lá. Você não pode ir a lugar nenhum com essa cara. Vou ficar esperando na entrada.

Ele voltou ao hall de entrada, e, minutos depois, Helen foi ao seu encontro. Ela havia obedecido à ordem dele; seu rosto estava limpo, e o cabelo, escovado.

Collie pegou seu braço, conduziu-a ao carro e a acomodou no banco da frente. Depois, deu a volta até o banco do motorista e se sentou.

— Por que você não liga o rádio? — ele sugeriu. — De repente há alguma novidade.

Helen obedientemente estendeu a mão e apertou o botão que controlava o rádio. De imediato, o carro foi tomado por uma música suave. Ela começou a girar o sintonizador.

— Deixa aí — disse Collie. — É a estação de notícias locais. Se tiver alguma novidade, é aí que ouviremos.

Helen se recostou no assento e falou com ele pela primeira vez. Sua voz era fraca como a de uma criança perdida:

— Como você soube?

— Estava vendo o noticiário do Canal Cinco. Tenho feito isso com muita frequência ultimamente. Uma amiga minha às vezes apresenta o boletim do tempo.

— Não consigo acreditar. Esse tipo de coisa simplesmente não acontece. Por que alguém atiraria no Barry?

— É você quem deve saber. Você conhece o cara. É o tipo de pessoa que tem inimigos?

— Ah, não — Helen respondeu imediatamente. — Barry é ótimo. Todos o adoram. Foi eleito o veterano mais popular no livro do ano da escola. Todas as garotas me detestam porque eu sou a namorada dele.

— De repente, foi um assalto.

— Na Universidade? Universitários não costumam andar com muito dinheiro.

— Drogas?

— Ele não usa drogas. Fuma um pouco de maconha às vezes, mas só. Não se dá um tiro em alguém só pra pegar um baseado. — A voz dela tremia. — Eu o amo, Collie. Ele também me ama. Um dia nós vamos nos casar. Quando ele terminar a faculdade, ou até antes! Eu não me importo de trabalhar...

— Claro que não.

— Ele acha que eu me importaria. Antiquado, não é? Mas fofo. Ele acha que não seria certo se casar com uma mulher e fazê-la trabalhar. Ele é tão maravilhoso! Eu o conheci há dois anos. Ele me ofereceu carona um dia, quando eu estava voltando da escola. Disse que eu era bonita.

— Ele tinha razão — disse Collie. Naquele momento específico a afirmação não procedia, mas Collie ignorou o fato. Tirou a mão direita do volante e a estendeu para dar um tapinha desajeitado no ombro de Helen. — Fica firme, tá? Se acabar toda como você fez no estúdio não vai ajudar em nada. Você não parece ser o tipo de garota que se descontrola numa emergência.

— Normalmente, não — Helen afirmou. — Mas é o Barry.

— Bem, aguenta firme. Daqui a uns minutos estaremos no hospital, e você saberá o que aconteceu. O que quer que seja, cabeça erguida, tá?

Helen tocou a mão de Collie que repousava em seu ombro.

— Você vai comigo, não vai?

— Claro.

Eles fizeram o resto do caminho em silêncio, a não ser pela música, que só parou quando Collie girou a chave na ignição para desligar o motor.

O saguão do hospital estava praticamente deserto. A mulher de uniforme cinza no balcão da recepção os mandou ao segundo andar, e, ali, uma enfermeira lhes indicou uma pequena sala de espera, no fim do corredor.

Diversas pessoas já estavam lá.

— Sra. Cox! — gritou Helen, saindo do lado de Collie para correr até uma loura de rosto fino que vestia um terninho bege. O homem ao lado dela era corpulento e grisalho e tinha olhos cansados. Automaticamente, como que por força do hábito, ele começou a se levantar, porém a mulher fez um gesto para que permanecesse sentado.

— Oi, Helen — ela falou. — Que surpresa ver você aqui.

— Surpresa? — exclamou Helen. — Como eu poderia não estar aqui? Ah, sra. Cox, não acredito, simplesmente não acredito! — Os olhos de Helen lacrimejaram, e ela estendeu os braços para abraçar a mulher. A sra. Cox deu um leve passo para trás e apontou para as outras pessoas na sala.

— Myrna, Bob, esta é Helen Rivers, ela foi colega de escola de Barry. Esses são os Crawford, nossos queridos amigos e vizinhos.

— Boa noite — Helen disse respeitosamente. A expressão petrificada dos pais de Barry pareceu deixá-la perplexa. Ela se virou para Collie. — Este é Collingsworth Wilson, um amigo. Ele mora no mesmo condomínio que eu.

— Barry tem muitos amigos — falou a sra. Cox. — Fico satisfeita que a maioria deles teve o bom senso de não aparecer aqui. Isto não é um circo, Helen. Não há nada pra ver. É o meu menino que está lá dentro, o meu menino, terrivelmente ferido! Morrendo, talvez!

A mãe de Barry ergueu as mãos abruptamente e cobriu o rosto. Os anéis em seus dedos cintilaram à luz da lâmpada. Observando-a, Collie se perguntou como ela conseguia usar aquelas mãos tão sobrecarregadas.

O sr. Cox passou o braço ao redor dos ombros da esposa.

— Calma, Celia — ele disse com a voz baixa e firme. — Força, querida. — Então virou-se para Helen: — Você precisa desculpá-la. Ela está muito perturbada. Todos nós estamos. Foi muito atencioso da parte de vocês dois virem aqui, mas eu acho que seria melhor deixar essa situação apenas entre a família e os amigos mais próximos. Pelo menos por enquanto.

O rosto de Helen estava branco.

— Ela disse que ele pode estar morrendo!

— Ele está recebendo os melhores cuidados, dos melhores médicos.

— O que estão fazendo com ele lá dentro?

— Mande-a embora! — gritou a sra. Cox. — Meu Deus, quanto disso temos de aguentar? Se ela não tivesse ligado pra ele, se ela não tivesse insistido em arrastá-lo ao seu encontro, isso não teria acontecido.

— Do que a senhora está falando? — perguntou Helen. Então se voltou para o sr. Cox: — Do que ela está falando?

— Nós não culpamos você, Helen — o pai de Barry falou. — Sabemos que a última coisa que você queria era causar algum mal ao Barry. Mas foi o seu telefonema que o levou ao campo, no escuro. Claro que você não é diretamente responsável por essa tragédia, mas, se o tivesse deixado em paz, se o tivesse deixado ficar na fraternidade e estudar, que é o que ele devia estar fazendo...

— Mas eu não falei com ele hoje à noite — disse Helen, confusa. — Eu telefonei pra ele no fim da tarde. Queria contar algo que alguém fez, que fizeram na minha porta... — Com um esforço, ela recuperou o controle. — Era pra ele me ligar neste fim de semana. Ele tinha prometido. Como ele não ligou... Eu precisava contar. Mas ele não estava. Liguei por volta das cinco, e ele tinha saído, então deixei um recado pra me ligar de volta, mas ele não ligou.

— A nossa espera aqui será bem longa, minha querida — a sra. Crawford falou baixo, e sua voz não era rude. — Os Cox têm o seu número, tenho certeza. Telefonaremos quando houver alguma notícia. Enquanto isso, acho que é melhor você ir. De verdade.

— Mas... O Barry e eu... Eu não sou apenas uma colega de escola. Sou mais, muito mais... — A voz de Helen se tornava cada vez mais alta e aguda.

— Vamos — Collie falou baixinho. — Acho que é melhor esperarmos em outro lugar. Essas pessoas já estão perturbadas o suficiente. Tudo bem?

— Mas... — Helen começou. — Eu não entendo.

Ele a pegou delicadamente pelo braço e a virou na direção oposta.

— Vamos.

Ninguém os chamou de volta. Ainda segurando o braço dela, Collie a levou pelo corredor, até o elevador.

— Existem outras salas de espera. A gente fica no saguão. O lugar está vazio. Você pode gritar, chorar, fazer o que quiser, e não vai incomodar ninguém.

— Eu não quero gritar — disse Helen. — Quero esperar aqui, na frente da sala de cirurgia. É aqui que as notícias vão chegar primeiro. Eu não sou qualquer pessoa, Collie. Sou a namorada do Barry! É comigo que ele vai se casar um dia!

— Talvez — Collie falou. — Mas a mãe dele não parece estar ciente disso. — Ele chamou o elevador e, enquanto ambos desciam, não soltou o braço de Helen.

Julie James colocou o fone de volta no gancho e foi até a sala de estar.

— Mãe — ela disse. — Atiraram no Barry Cox.

A sra. James, que estava ajoelhada no chão cortando tecido para fazer um vestido, ergueu-se num sobressalto.

— Como assim, Julie? Que coisa terrível! Barry Cox? O namorado da Helen?

— Era o Ray no telefone. Ele ouviu no rádio. Não, acho que foi o pai dele que ouviu. Aconteceu na Universidade, no campo de atletismo. Não sabem quem foi. — O choque deixara sua voz monótona e sem emoção.

— Eu estava com medo de que houvesse alguma confusão por lá esta noite — disse a sra. James. — Esse show pirotécnico do Memorial Day nunca deveria ter sido feito no campus, não com toda aquela agitação estudantil. Deu no noticiário das seis que alguns estudantes estavam se reunindo pra fazer uma manifestação. Mas para a coisa sair de controle assim... É simplesmente inacreditável. Ele está muito ferido?

— O Ray não sabe. Ele ligou para o hospital, mas não quiseram dizer nada. — Julie caiu de joelhos ao lado da mãe. O vestido no chão seria para ela. Era rosa. O material brilhante flutuou diante de seus olhos. — Você acha que foi a manifestação contra a guerra? Acha mesmo que foi isso? Será que havia alguém armado na manifestação?

— Que outra resposta pode haver? — perguntou a mãe.

8

Helen acordou com o som de um motor. O despertar foi gradual; primeiro, o som parecia vir no fundo de sua consciência como parte de um sonho; depois pareceu ficar cada vez mais alto, até que o sonho mesmo se perdeu em meio àquele ruído. Então ela se deu conta de que estava na cama e de que o som vinha não de dentro de sua cabeça, mas de algum lugar fora dela. Abriu os olhos e viu o quarto repleto da luz do sol matutino.

Abaixo da janela de seu quarto, o zelador do Four Seasons aparava a grama com um cortador elétrico.

Dormi, pensou Helen, surpresa. *Como pude dormir assim quando Barry...*

O simples fato de pensar no nome dele fez com que ela se sentasse. O despertador em formato de um *smiley* mostrava dez e quinze.

Metade da manhã já se foi, ela pensou com incredulidade. *Dormi mais de seis horas!*

Eram três da manhã quando Barry saíra da cirurgia e fora levado para a sala de recuperação; os Cox e seus amigos surgiram do elevador e adentraram o saguão. Helen, que tinha ficado sentada em uma cadeira em frente ao elevador, levantara-se num sobressalto.

— O que aconteceu? Está tudo bem?

— Conseguiram tirar a bala — dissera o sr. Cox, cansado. — Estava alojada na coluna dele. Mas eles ainda não sabem o dano que ela causou.

— Mas ele vai sobreviver?

— O prognóstico é bom. Ele passou bem pela cirurgia. É um rapaz forte; o médico parece achar que ficará bem.

— Ah, graças a Deus! — Fraca de alívio, Helen estendera uma mão para se apoiar no encosto da cadeira. — Fiquei rezando. Não parei de rezar desde que ouvi a notícia, no estúdio.

— Obrigado — dissera o sr. Cox. — Ficamos gratos pela sua preocupação.

A sra. Cox e os Crawford se dirigiram para o lado oposto do saguão. O rosto da sra. Cox estava branco e esgotado, e, pela primeira vez desde que a conhecera, Helen achara que a mulher parecia mais velha do que o marido.

— Vocês vão pra casa agora? — Helen perguntara.

— Vamos. A minha esposa está exausta. O médico disse que não há razão para ficarmos aqui; a anestesia de Barry vai demorar horas para passar, e levará ainda mais tempo até que ele possa receber visitas. O médico sugeriu que dormíssemos um pouco, e isso serve pra você também. — Ele se voltara para Collie, que tinha se levantado e se posicionado ao lado de Helen. — Sr. Wilson, o senhor pode levá-la para casa?

— Claro — dissera Collie. — Fui eu quem a trouxe.

— Não vou conseguir dormir. Acho que nunca mais vou dormir de novo.

Mas dormira. A luz dourada do meio da manhã provava isso. E dormira tão pesadamente que seu corpo estava dolorido por ter ficado tanto tempo numa mesma posição; quando Helen saiu da cama, suas pernas pareciam prestes a ceder, como se fossem de borracha.

Ela foi até o telefone e discou o número do hospital. A voz que atendeu disse que Barry Cox estava "descansando confortavelmente". Ele tinha sido transferido da sala de recuperação e agora se encontrava no quarto quatrocentos e quatorze B. Naquele momento não podia receber visitas, exceto de familiares.

— Mas tenho certeza de que ele vai querer me ver! — insistiu Helen. — Você pode perguntar pra ele, não pode? Fala que é a Helen.

— Você é parente próxima?

— Não exatamente.

— Qual é a sua relação com o paciente?

— Eu sou... amiga dele. Uma amiga muito próxima.

— As ordens são de que o sr. Cox não deve receber visitantes que não sejam os parentes mais próximos.

— Ah, droga — Helen murmurou após recolocar o fone no gancho. — Posso imaginar quem inventou essa regra... a Mama Cox em pessoa.

Os acontecimentos da noite anterior lhe vinham à cabeça com a qualidade peculiar e desfocada de um pesadelo: o anúncio na estação de TV, a chegada de Collie, a ida ao hospital, o ódio frio e cortante nos olhos da mãe de Barry.

— Se ela não tivesse ligado pra ele — a mulher havia gritado —, se ela não tivesse insistido em arrastá-lo ao seu encontro...

— Mas eu não falei com ele hoje à noite — Helen explicara. — Não liguei!

— Nós não culpamos você, Helen — dissera o sr. Cox, mas eles a culpavam, sim, os dois. Ainda que o sr. Cox tivesse parado para falar com ela no saguão, Helen percebera o olhar acusador.

— Não liguei — Helen disse em voz alta agora, uma voz que soou estranha no apartamento vazio. — Não pedi ao Barry que me encontrasse no campo de atletismo. Nem falei com ele ontem à noite.

Mas houvera um telefonema. A declaração de um dos companheiros de fraternidade de Barry confirmara isso. Alguém havia ligado, falado com Barry e marcado um encontro, alguém cujo pedido fora importante o suficiente para tirá-lo de casa de imediato.

Quem telefonara, e por quê? Teria sido uma garota? Será que Barry saía com alguém quando não estava com ela?

— Não — Helen disse com firmeza. — Não, claro que não.

Ela era a namorada de Barry, sua única namorada. Se não podia confiar nele, em quem confiaria? Contudo, haviam acontecido algumas coisas no último ano, coisas peculiares, coisinhas diversas, nenhuma delas importante por si só, mas que, juntas, bastariam para perturbar alguém menos seguro do amor de Barry do que Helen.

Houvera aquela conversa com Elsa na noite do acidente. Helen sempre pensava no que tinha acontecido dessa forma – "o acidente", inevitável, ordenado de algum modo pela mão do destino. Num instante eles estavam no carro, relaxados e felizes, a cabeça dela no ombro de Barry, o rádio os embalando em uma música suave; no instante seguinte, o menino surgira na frente do carro. Não houvera nada que Barry pudesse ter feito. Não houvera tempo para que ele tirasse o braço direito com o qual a envolvia e devolvesse sua mão direita ao volante. Ainda que estivesse com as duas mãos no volante, não era garantido que tivesse conseguido desviar a tempo. Eles fizeram o melhor que podiam. Ray ligara para a emergência. Não era culpa de Barry se o menino tinha ficado mortalmente ferido; nenhuma criança de dez anos deveria perambular de bicicleta numa estrada de serra, no meio da noite.

Não era culpa de Barry, não era culpa de nenhum deles. Mesmo assim, a experiência tinha sido aterrorizante e horrivelmente perturbadora. Ela havia chorado intensamente no caminho para casa e, ao entrar – silenciosamente para não despertar os pais –, não estava preparada para encontrar Elsa ainda acordada, a luz acesa, lendo.

Elsa erguera os olhos da revista, que se estreitaram atrás dos óculos.

— Você estava chorando!

— Não, não estava.

— Claro que estava. Seus olhos estão vermelhos feito beterrabas! — Com o ar de alguém prestes a triunfar, Elsa pusera de lado a revista. — O que foi que ele fez? Terminou com você? Eu estava imaginando mesmo quanto tempo levaria.

— Deixa de ser besta — disse Helen. — Está tudo ótimo entre nós.

— Então por que você estava chorando?

— Já falei que não estava. Tinha fumaça no carro.

Helen fora para o lado dela do gaveteiro e pegara sua camisola na gaveta de cima. Conseguia sentir os olhos de Elsa em suas costas.

Após um instante, Elsa dissera:

— Se não foi hoje, vai ser em breve, você sabe.

— Não sei do que está falando.

— Não acha que o Barry vai continuar com você, acha? Ele vai começar a faculdade daqui a uns meses.

— Não sei que diferença isso faria — Helen falara e se virara para encarar a irmã. — Ele vai pra Universidade aqui na cidade mesmo. Vai poder me ver toda noite, se quiser.

— E por que ele iria querer isso? — Elsa indagara. — Encare os fatos, Helen: o Barry vai ser fisgado por alguém. Ele é bonito, é uma estrela do futebol, a família tem dinheiro... é o cara dos sonhos de qualquer mulher. Tem um monte de garotas lindas na Universidade, mulheres de verdade, inteligentes, de boa família. Como você vai competir com elas?

— O Barry me ama — Helen falara na defensiva.

— Ele já te disse isso?

— Bem, não com essas palavras. Mas na escola também tinha um monte de meninas. E ele escolheu a mim.

— A escola é diferente. Os garotos querem outras coisas, coisas de adolescente. Peito grande e luzes no cabelo, essas coisas fazem sucesso na escola. Na faculdade, os caras são diferentes. Eles querem qualidade.

— Você é cruel — Helen falara em voz baixa. Ela encarara o rosto duro e pálido da irmã, a pequena boca já enrugada nos cantos com sulcos de desgosto. — Você só está com inveja. Os garotos não gostam de você, nunca gostaram. Você nunca teve ninguém como o Barry. Está com inveja porque eu tenho.

— Eu não estou com inveja de você. Estou é com pena.

— Isso é mentira. O Barry não vai me largar. Eu posso não ser da alta sociedade, não ter pais ricos nem nada disso, mas posso oferecer muitas coisas que outras meninas não podem.

Elsa a olhara com frieza.

— Tipo o quê?

— Tipo... Tipo... — Helen ficara procurando as palavras.

— Vai sonhando — dissera Elsa, pegando a revista. — Vai sonhando.

No dia seguinte, Helen pegara sua foto do álbum do penúltimo ano, uma foto boa, que mostrava sua estrutura elegante, seu cabelo brilhoso e seu sorriso iluminado, perfeito, e a mandara para o Concurso da Futura Estrela do Canal Cinco. E essa acabara sendo a coisa mais inteligente que já fizera.

Batidas na porta. Helen se livrou de seus devaneios com um sobressalto.

— Quem é?

— Collie. Só vim ver como você está.

— Espera um minuto, tá? Acabei de levantar.

Apressadamente, Helen se dirigiu ao quarto e pegou um roupão no closet. Após uma olhada rápida no espelho, parou para pentear o cabelo e aplicar um pouco de batom. Collie podia não ser mais do que um amigo platônico, mas ainda era um amigo do sexo masculino.

Esse fato estava refletido em seus olhos quando abriu a porta.

— Eu ia perguntar se você dormiu — disse Collie. — Pensei que estaria exausta e cheia de olheiras. Acho que pensei errado.

— Eu consegui dormir — Helen falou com um toque de culpa na voz. — Não sei como, mas consegui. Eu ia fazer café. Quer um pouco?

— Já tomei, obrigado. Estou indo pra casa dos meus pais. Você já ligou pro hospital?

— Barry saiu da sala de recuperação e foi para um quarto. Disseram que ele está "descansando confortavelmente", seja lá o que isso signifique.

— Acho que significa exatamente isso. — Ele enganchou os dedões nos bolsos da calça. — Imagino que você vá passar lá depois do *webcast*?

— Não estão permitindo visitas.

— Então ele ainda está em estado crítico?

— Não sei — disse Helen, sentindo uma irritação súbita e inexplicável. — Não sei de nada. Ninguém me diz nada. Eu ligaria pra casa dos Cox, mas tenho certeza de que a senhora Cox atenderia e, em seguida, desligaria na minha cara.

— Não culpe tanto a mulher. Ela estava um pouco fora de si ontem. As mulheres ficam assim quando algo acontece a um filho. A minha mãe é igual.

— Bom, eu também estava perturbada — Helen se lembrou. — Aposto que eu estava tão perturbada quanto ela. Estão permitindo visitas de familiares. Estou tentada a ir lá e dizer que sou irmã dele.

— Sem chance. Qualquer um que tenha uma TV vai saber quem você é antes mesmo que abra a boca. — A testa dele estava ligeiramente franzida. — Olha, Helen, tem uma coisa que eu queria perguntar.

— Sim, pode falar.

— Ontem à noite, a caminho do hospital, você me falou que o Barry é um cara que não tem inimigos. Nós também eliminamos outras possibilidades, como roubo e drogas. Assim, meio que não sobra nada, não é? Quero dizer, ele levou um tiro sem razão nenhuma?

— Não quero nem pensar nisso — Helen falou laconicamente.

— Mas você precisa pensar. Você conhece o Barry melhor do que ninguém. Se ele estava envolvido com alguma coisa escusa, alguma coisa ilegal, como venda de remédio ou...

— Não estava. Não tenho a menor dúvida disso.

— Não estou dizendo que tem de ser isso. Foi a primeira coisa que me veio à cabeça. Talvez possa ser algo totalmente diferente, mas, em geral, as pessoas não levam tiros sem razão nenhuma. Claro, vez ou outra uma arma dispara enquanto está sendo limpa, ou um caçador atira num cervo e depois descobre que era outro caçador, mas uma coisa dessas, em que um sujeito é atraído pra fora de casa por um telefonema... Bem, isso foi planejado. Só pode ter sido planejado.

— Não acredito nisso.

— No que você acredita, então? Você tem alguma resposta? Só estou querendo dizer que você é a pessoa que tem mais chances de chegar a uma resposta, pelo menos até o próprio Barry conseguir falar.

— Não consigo pensar em nada.

— Tá bom, tá bom. — Ele estendeu a mão e ergueu o queixo dela. — Força. Bom café. A gente se vê mais tarde.

Collie seguiu pelo corredor, e Helen fechou a porta, fazendo o som de um clique. Ela virou-se para ir em direção oposta à porta, mas então, lentamente, voltou e passou o trinco.

Retornou ao quarto. O som do cortador de grama estava mais baixo agora; o zelador passara a um gramado mais distante. A luz do sol havia mudado ligeiramente de posição, e tiras de ouro se derramavam pela cama desarrumada e se estendiam até o despertador. Sobre a cômoda, o retrato de Barry reinava supremo, cercado por um pote de hidratante, um estojo de blush e uma paleta de sombras.

Helen atravessou o quarto e abriu a primeira gaveta da cômoda. Por um instante ficou parada, como se estivesse com medo de pôr a mão lá dentro. Então a colocou e, vacilante, tirou o retrato recortado de uma revista: o garotinho de bicicleta.

9

Naquela tarde, após a aula, Julie encontrou Ray à sua espera. Ele havia estacionado na mesma vaga em que costumava parar no ano anterior, quando ainda era um aluno, no fim do estacionamento, longe do prédio.

Ela não ficou surpresa por vê-lo. De algum modo, esperava encontrá-lo ali. Após sair pela porta, afastou-se aos empurrões da torrente de risos e voltou-se automaticamente para aquele ponto. Caminhou até o carro e abriu a porta – exatamente como fizera tantas vezes no ano anterior –, jogou os livros lá dentro e sentou-se ao lado dele.

— É engraçado — disse, como forma de cumprimento — ver você dirigindo o carro do seu pai.

— Ele tem sido bem legal quanto a isso — disse Ray. — Eu o deixo na loja de manhã, e minha mãe o pega à noite. Mas é estranho, porque ele ficou louco de raiva quando fui embora daquele jeito, no último outono. Ele não entendia a minha decisão de abandonar os estudos e viajar por aí, e, claro, eu não fui capaz de dar nenhuma explicação decente.

— O que você fez com o seu carro? Eu nunca fiquei sabendo.

— Barry e eu martelamos o amassado até tirá-lo, levamos o carro até o Hobbs e o vendemos a um fazendeiro. Perdi uma grana, mas valeu a pena me livrar dele. — Ray deu a partida no veículo. — Aonde você quer ir?

— Qualquer lugar. Não importa.

— A área de piquenique?

— Não. Lá, não. — Ela respondeu tão rápido que as três palavras saíram como se fossem uma só. — Que tal a Henry's? Podemos comer alguma coisa.

— Você está com fome?

— Não, mas precisamos ir a algum lugar. Lá é uma boa escolha.

Não era, como descobriram assim que chegaram. A sorveteria Henry's estava fazendo uma promoção de sundae com calda de chocolate, dois pelo preço de um, e a notícia tinha se espalhado rapidamente. O estacionamento estava quase cheio. Buzinas soavam, e havia uma longa fila no balcão. Alguns garotos do ginásio entravam e saíam de janelas de carros, sentavam-se no capô e berravam uns com os outros, enquanto os veteranos gritavam de outros carros para que calassem a boca.

— A área de piquenique? — Ray perguntou novamente. Julie fez que sim com a cabeça, derrotada.

— Acho que não temos muita opção.

Eles seguiram em silêncio pela estrada sinuosa. Quando passaram por um ponto em particular, Julie fechou os olhos e mordeu com força o lábio inferior. Continuaram subindo a serra até chegarem à placa que dizia "Floresta Nacional Cibola – Silver Springs". Então Ray virou numa estreita estrada de terra à esquerda, para longe da área aberta com mesas e bancos. Galhos roçaram os dois lados do carro, e um esquilo atravessou na frente quando chegaram ao riacho e pararam perto da margem.

Passaram-se alguns momentos antes de um dos dois dizer alguma coisa.

Enfim Ray falou:

— Continua igual.

Julie fez que sim. O filete prateado de água serpenteava desde as rochas acima e desaparecia abaixo, entre as sempre-verdes. Flores amarelas sem nome se espalhavam, suas cabeças despontando da terra fresca e primaveril, e, além das árvores, o céu curvava-se num rico arco azul.

— Dava pra ver um pedacinho da lua entre os galhos daquele pinheiro — disse Ray. — Lembra?

— Não quero me lembrar. Não quero me lembrar de nada daquela noite.

— Julie, você precisa se lembrar. — Ele pôs a mão por cima da mão dela. — Nós precisamos lembrar, pensar, pra decidir o que vamos fazer.

— Por quê? — perguntou Julie. — Já acabou. Já faz quase um ano.

— Não, não acabou. Não mesmo.

— Do que você está falando?

— Não dá pra simplesmente varrer isso pra debaixo do tapete e fingir que nunca aconteceu. Ainda mais agora, depois do que aconteceu com o Barry.

Julie tirou a mão de baixo da dele e enlaçou-a à sua outra mão, repousada no colo.

— O que aconteceu com o Barry não tem nada a ver com aquilo. Ele levou um tiro durante uma manifestação estudantil.

— Não, nada disso. Não aconteceu tiroteio nenhum na manifestação ontem à noite.

— Minha mãe acha... — ela começou.

85

— Encare os fatos, Julie: a manifestação foi pacífica. Uns alunos com cartazes, só isso. Eles ficaram sentados na rua por um tempo, e as pessoas que tinham ido ver os fogos de artifício tiveram dificuldade pra sair com seus carros. Não teve violência. Nem sequer soltaram estalinhos.

— Que tal a gente parar de falar disso? Eu realmente não estou a fim de remexer nada.

— Julie, para com isso! — disse Ray, sério. — A gente precisa conversar!

— Ah, tá bom. — Ela virou o rosto para ele e a dor nos olhos dela era tão profunda que, por um instante, Ray lamentou ter forçado o assunto. — Tá bom, se você insiste em falar daquela noite, então sim, tinha uma lua atrás daquele pinheiro. Sim, foi um lindo piquenique. Sim, a gente matou um garotinho. Mais alguma coisa?

— Tem o Barry.

Julie ficou calada por um instante, digerindo o que ele tinha dito. Então falou lentamente:

— Você acha que o Barry foi baleado intencionalmente por alguém que sabe o que aconteceu?

— Pela mesma pessoa que escreveu aquele bilhete pra você e que me mandou o recorte de jornal.

— Que recorte de jornal? — perguntou Julie. — Eu não sei de nenhum recorte de jornal.

— Recebi no sábado. Veio pelo correio, assim como o bilhete que você recebeu. O endereço estava escrito com as mesmas letras.

Ray pôs a mão no bolso e tirou a carteira. Abriu-a, pegou o recorte de jornal dobrado e o entregou a Julie.

Ela o olhou de relance e o devolveu.

— Não preciso ler, Ray. Eu me lembro. Consigo repetir palavra por palavra.

— E a Helen? Ela recebeu alguma coisa pelo correio?

— Não pelo correio — disse Julie em voz baixa. — Mas aconteceu uma coisa. Falei com ela no domingo. Ela achou que fosse coisa do Barry, que ele estava pregando uma peça nela.

— O quê?

— Uma foto recortada de uma revista. Estava colada na porta dela. Isso aconteceu no sábado. Helen contou que estava tomando sol na piscina e um cara, que está morando no apartamento duas portas depois do dela, apareceu e se sentou ao seu lado. Eles conversaram um pouco, então Helen, preocupada em não se queimar demais, voltou pra casa. Quando chegou ao apartamento, descobriu que alguém tinha grudado na sua porta a foto de um menino em uma bicicleta. Ela achou que talvez Barry tivesse passado por ali, já que ele dissera que a encontraria no fim de semana, e, ao vê-la com outro cara, quis dar uma lição nela.

— Isso não parece coisa do Barry — comentou Ray. — Ele se diverte bastante por aí, e não teria o menor direito de bancar o ciumento com a Helen.

— Mas a Helen não sabe disso. Ela não sai com mais ninguém. Além do quê, não ter o direito de ter ciúme não significa não sentir ciúme. — Julie fez uma pausa. — Admito que isso parece bem improvável, mas foi o que a Helen pensou. Ela me falou que, se o Barry não ligasse até o meio-dia de segunda, telefonaria pra ele pra resolver isso.

— Você acha que foi isso que o levou ao campo de atletismo? — perguntou Ray, pensativo. — Um telefonema da Helen?

— Pode ter sido. O jornal dizia que ele recebeu um telefonema de alguém logo antes de deixar a casa da fraternidade.

— E aí ele foi baleado...

— Você não está achando que foi a Helen, né? — Julie encarou-o, horrorizada. — Isso é ridículo! Ela é capaz de beijar o chão em que ele pisa.

— Claro que não estou achando que a Helen atirou nele — disse Ray. — Ela nunca pegaria em uma arma, quanto mais puxar o gatilho, e é louca pelo Barry. Estou apenas pensando alto, tentando olhar a situação de todos os ângulos.

— Se o telefonema não foi da Helen — Julie começou —, alguém mais sabia. Como você falou, Barry não é exatamente o namorado mais fiel do mundo. Quem sabe o que se passa em seus outros relacionamentos? De repente, ele estava saindo com alguma garota da Universidade que tem um namorado ciumento... Não temos como saber. E ainda existe a possibilidade de ter sido um acidente sem nenhuma relação com nada; algum maluco chapado andando com uma arma sem saber nem se importar se alguém sairia ferido. A gente lê sobre esse tipo de coisa por aí.

— É possível — admitiu Ray. — Mas seria uma estranha coincidência depois das coisas que nós três recebemos. Era Barry quem estava dirigindo naquela noite.

— E ele foi o único que não recebeu nenhuma recordação do acidente. Até onde a gente sabe, pelo menos.

— Recebeu uma bala — disse Ray.

As palavras ficaram suspensas entre eles, pesadas à branda luz da primavera.

Julie deu de ombros.

— Tudo bem — disse em voz baixa. — Já que você insiste nisso, vamos supor por um instante que a pessoa que atirou em Barry é a mesma que está mandando os bilhetes, as fotos e os recortes. A pessoa que sabe, ou acha que sabe, do acidente. Então por que essa pessoa esperou tanto? E por que faria algo assim quando tudo o que tinha de fazer, tudo o que sempre teve de fazer desde o começo, era nos denunciar à polícia?

— A parte sobre esperar tanto tempo, eu não tenho como responder. — Ray sacudiu a cabeça. — Sobre a outra, bem, a pessoa só pode nos odiar. A ponto de querer nos matar com as próprias mãos em vez de deixar as autoridades nos punirem de algum outro jeito.

— Quem seria capaz de sentir tanto ódio? — Julie perguntou com a voz trêmula.

— Alguém muito próximo ao garoto, imagino.

— Os pais?

— Isso faria sentido. Eu sei como os meus pais iriam se sentir, ou a sua mãe. Mas ainda tem a questão da espera. Se os pais de algum jeito descobriram, e eu não vejo como, por que esperariam quase um ano pra fazer alguma coisa?

— E como teriam ficado sabendo do telefonema da Helen? Se é que foi mesmo ela quem telefonou. Nem isso nós sabemos ao certo.

— Está aí uma coisa que podemos descobrir sem nenhuma dificuldade — disse Ray. — Basta perguntarmos a ela. E, assim que o Barry puder receber visitas, saberemos muito mais. Talvez ele até tenha visto a pessoa que atirou.

— De noite? Num campo escuro?

— A pessoa viu o Barry, não viu? Tinha luz suficiente para mirar com uma arma.

— A Helen ainda está no estúdio — Julie falou, olhando o relógio. — Normalmente chega em casa perto das cinco. Vamos até lá pra ver o que ela tem a dizer.

— Por mim, tudo bem — disse Ray. — Podemos matar meia hora aqui até ela chegar em casa. Vamos caminhar pela margem do rio, como a gente costumava fazer. Pensei muito neste lugar durante o último ano. Sei que isso parece loucura. Quer dizer, lá estava eu com todo o sol da Califórnia, o mar e as praias, e não parava de me lembrar do cheiro desses pinheiros, do riacho e... da minha namorada ao meu lado.

Tinha ido longe demais e sabia disso. Pôde ver Julie se retesar.

— Não — disse ela. — Dá aqui aquele recorte.

— O negócio do acidente?

Ray tinha colocado o papel de volta na carteira. Tirou-o de novo, lentamente, deixando a carteira aberta por um instante a mais para que Julie pudesse ver o retrato dela própria sorrindo para eles. O retrato era de um ano antes. Ela vestia jeans e top. Seu cabelo estava solto e com movimento, e havia rugas provocadas pelo riso em torno dos olhos.

Naquele momento em que lhe entregava o recorte, Ray percebeu com um sobressalto quanto os olhos dela tinham mudado desde que aquela foto fora tirada. Já não existia neles o menor sinal de alegria. Eram olhos que não riam havia muito tempo.

Tomando cuidado para não encostar na mão de Ray, Julie pegou a notícia e a abriu.

— "... filho de Michael e Mary Gregg" — leu em voz alta —, "que moram na Morningside Road, 1279 NE". É perto daqui, Ray. É uma dessas estradinhas ao sul do lugar do acidente.

— Pode ser, já que o menino estava voltando da casa de um amigo.

— Ray. — Ela inspirou profundamente. — Quero ir lá.

— Aonde?

— Na casa dele.

— Você tá doida? — Ray indagou, incrédulo. — Por que você faria uma coisa doentia dessas?

— Não é mais doente do que vir até aqui. É você quem fica dizendo que precisamos encarar e reviver tudo e entender o que está acontecendo. Se vamos fazer isso, acho que precisamos ir até a casa e falar com os pais dele.

— Falar com os pais dele? — Ray tinha certeza de que não tinha ouvido direito. — Você está dizendo que nós simplesmente deveríamos ir até lá, tocar a campainha e dizer: "Oi, nós estávamos no carro que atropelou o filho de vocês e queremos conversar pra ver o que acham disso"? Você tá louca!

— Você sabe que não foi isso que eu quis dizer — Julie falou bruscamente. — E não estou louca coisa nenhuma. Nós chegamos à conclusão de que as pessoas que mais têm direito de nos odiar são a mãe e o pai do garoto. Como é que vamos descobrir alguma coisa sobre eles se não formos vê-los?

— Você disse "falar com eles".

— Falar, sim, mas não sobre isso. Eu achei... Ah, Ray, será que não podíamos bater na porta, nos apresentar e dizer que estamos com um problema no carro? Podemos dizer que os nossos celulares morreram e pedir para usar o telefone. Se não forem eles, não fará diferença. Só vão achar que somos dois adolescentes que vieram ao parque e não puderam descer a serra.

— E se forem eles que estão atrás de nós?

— Nós saberíamos — disse Julie. — Tenho certeza de que eu saberia. Quando nos vissem, quando ouvissem o nosso nome, seu rosto denunciaria. O choque de nos ver na porta de casa...

— Poderia fazê-los ir direto para a arma — Ray completou. — Se foram eles que atiraram no Barry, não acha que iriam querer acrescentar mais dois à lista?

— No próprio quintal? — Julie balançou a cabeça. — Seja sensato. Estamos em plena luz do dia, e certamente haverá vizinhos. É diferente da situação com o Barry. Além disso, eu simplesmente não consigo acreditar que existe alguém por aí que quer matar todos nós. Ainda acho que foi um maluco drogado e que o coitado do Barry teve o azar de estar no lugar errado, na hora errada, exatamente como... bem, o pequeno Daniel Gregg.

— Não gosto disso — falou Ray. — Como eu disse, é doentio. Eu com certeza não quero ver essas pessoas.

— Mas eu quero. — A voz de Julie era grave e firme. A mesma voz que, um ano antes, afirmara terminantemente: "Acabou, Ray. O que quer que houvesse entre nós acabou. Quero me libertar de você, dos outros, de tudo o que me faz lembrar daquela noite horrenda". Ela tinha falado sério daquela vez e falava sério de novo. — Eu quero vê-los. Se vamos encarar isso, então vamos encarar de verdade. Vamos saber. Eu vou até a casa. Se você quiser me levar, ótimo. Se não, pegarei o carro da minha mãe e irei sozinha.

10

A casa ficava no meio de um conjunto de casinhas, quase no fim da estreita estrada de terra que levava a leste da Mountain Road. Todas as construções eram de alvenaria, pequenas e brancas, com telhados íngremes, parcialmente perdidas na sombra da montanha, dispostas perto da estrada como se ficassem satisfeitas com esse tênue contato com a civilização.

Eles passaram uma vez por ela para verificar o número. Então recuaram lentamente e estacionaram na estrada, saíram e começaram a caminhar de volta.

A cada passo, Julie sentia o coração apertar. Quando os dois finalmente ficaram diante da casa outra vez, a garota já havia atingido o estágio do mal-estar físico.

Ray tocou o braço dela.

— Tem certeza de que quer ir em frente com isso?

Tenho — Julie falou firmemente.

Na verdade, ela não tinha mais certeza alguma. O plano que lhe parecera tão razoável pouco tempo antes soava ridículo agora. E se, como Ray sugerira, os Gregg fossem mesmo as pessoas que tinham atirado em Barry e enviado os bilhetes e os recortes perturbadores? E se reconhecessem as duas pessoas chamadas Julie James e Raymond Bronson? E se o desejo de vingança deles fosse tão grande que não ligassem para as consequências e fizessem algo violento?

E se – o que seria quase tão ruim – simplesmente ficassem parados na porta, ombro a ombro, com lágrimas escorrendo pelo rosto, perguntando: "Por quê? Por que vocês atropelaram nosso filho e nunca voltaram para dizer que sentiam muito?".

Esta é a casa dele, pensou Julie enquanto olhava para a residência. *Era aqui que Daniel Gregg vivia.*

A casa era bastante comum, e o quintal da frente parecia desmazelado, descuidado. A grama, ainda sem exibir o verde do verão, crescia somente em alguns trechos, com a terra dura e nua se revelando entre eles, e os canteiros de flores debaixo das janelas conservavam caules marrons do ano anterior. Ao longo de um lado do telhado, a moldura desbotada exibia um amarelo brilhante, e uma escada apoiada contra a parede indicava que estava sendo pintada.

— Vamos, se é que você vem — disse Ray. As palavras foram impacientes, mas a voz que as proferiu estava apenas nervosa.

— Estou indo — falou Julie, apressando-se para alcançá-lo.

Eles subiram o degrau de cimento, e Ray colocou o dedo com força na campainha. A porta estava entreaberta; por meio da tela, os dois puderam ver a mobília simples de uma sala de estar: uma poltrona verde, a extremidade de um sofá exageradamente estofado, uma mesa de centro com revistas. Do lado oposto, havia uma antiga TV portátil sobre uma prateleira.

Apesar da porta aberta, o lugar tinha a sensação de vazio. Ray apertou a campainha novamente, e eles ouviram o som reverberar pela casa.

— Ninguém atende. — O rapaz soou aliviado. — Não tem ninguém em casa.

— Deve ter alguém — Julie insistiu. — As pessoas não saem e simplesmente largam a casa aberta desse jeito.

— O sr. Gregg provavelmente está no trabalho. Não pensamos nisso. E talvez a esposa também trabalhe ou tenha ido até o vizinho.

— Vocês estão me procurando? — A voz, vinda de trás deles, fez com que se sobressaltassem, como se tivessem sido pegos fazendo algo suspeito. Eles se viraram ao mesmo tempo e deram de cara com uma garota baixinha, cheinha, bonita, um pouco mais velha do que Julie, se tanto. — Eu estava do outro lado da casa, recolhendo as roupas. Nossa secadora quebrou, e a gente foi obrigado a voltar ao bom e velho varal. Pensei ter ouvido a campainha, mas não tinha certeza. Posso ajudar em alguma coisa?

— Nós gostaríamos de usar o seu telefone — pediu Julie, e Ray começou a falar ao mesmo tempo:

— Nosso carro está com algum problema. Está na estrada, um pouco mais pra frente.

— Entrem. — A garota juntou-se a eles no degrau e escancarou a porta, sinalizando para que entrassem. — Não se preocupem com a porta de tela; ainda não tem nenhum mosquito, graças ao bom Deus. No verão a gente precisa deixar a porta fechada o tempo todo, senão eles vêm aos bandos. O telefone fica ali no corredor, tem uma lista telefônica do lado. Estão vendo?

— Estou, sim — disse Ray, adentrando o corredor. — Obrigado.

— Se o pai estivesse aqui, provavelmente daria um jeito no carro de vocês. Ele entende de motor. Eu não sei a diferença entre um carburador e uma bateria, mas acho que a maioria das garotas não sabe, né? — Ela sorriu para Julie. O sorriso era largo e meigo e iluminava seu rosto de um jeito tão familiar que Julie se pegou encarando-a.

— Eu não te conheço? — perguntou Julie. — Sei que isso parece bobagem, mas posso jurar que já te vi antes.

— Talvez — a menina falou descontraidamente. — Eu sou cabeleireira no Bon Marché, na avenida Central. Acho que já fiz o cabelo de metade da cidade. O meu nome é Megan.

— O meu é Julie James, e o meu amigo se chama Ray Bronson. É muita gentileza da sua parte nos ajudar assim.

O sorriso da menina não mudou. Nada se alterou na expressão dos olhos grandes e escuros.

— Ah, fico feliz de ter visita. A mãe sempre diz que eu falo que nem uma matraca. Acho que é por isso que gosto de trabalhar no salão. Eu converso com as pessoas o dia todo. Mas hoje é minha folga, e ontem a gente não trabalhou porque era feriado, e o dia anterior foi domingo, e, com os meus pais viajando, já estou quase subindo pelas paredes. Vocês querem um chá gelado? É bem provável que precisem esperar um pouco até alguém aparecer pra mexer no carro. Estamos longe de tudo.

— Um chá gelado seria ótimo — disse Julie. — Obrigada.

Ela seguiu a garota da sala de estar até a pequena e iluminada cozinha. As paredes eram de um tom de amarelo mais claro do que o da moldura recém-pintada na fachada, e havia um calendário com uma foto de filhotes de gato pendurado sob um relógio. Sobre a mesa da cozinha, uma revista estava aberta em uma página de propaganda, como se a leitora recente tivesse tentado fazer as horas vazias passar. Megan abriu a geladeira, tirou uma jarra de plástico e encheu três copos com chá.

— Quer açúcar? — perguntou. — Será que o seu amigo quer?

— Não, obrigada, acho que não. — Julie pegou o copo da mão pequena e quadrada da moça.

Uma coisa é certa, pensou. De jeito nenhum essa menina está metida nisso. Ela com certeza não teve nada a ver com o ataque a Barry e não reconheceu o nosso nome. E está sendo tão aberta e amigável quanto alguém pode ser.

Megan pegou os dois copos restantes.

— Vamos lá pra fora, preciso terminar de tirar as roupas do varal. Isso é uma das coisas de estar sozinha em casa. Com meus pais viajando e meu irmão morando sozinho, não tem mais ninguém pra lavar a roupa, cozinhar e tal. Fico dizendo a mim mesma que vou acabar perdendo peso desse jeito. Detesto cozinhar só pra mim, você não? Mas as coisas não são bem assim. As comidas mais calóricas são as mais fáceis de fazer.

— Onde estão os seus pais? — Julie perguntou conforme seguia Megan até o quintal dos fundos. Era um quintal agradável, com uma mesa de piquenique vermelha, uma churrasqueira a carvão e um pequeno galpão de ferramentas logo atrás; algumas árvores desalinhadas arrematavam o cenário.

À esquerda, num varal estendido entre duas árvores, blusas, calças e alguns lençóis balançavam à brisa leve.

— Eles estão em Las Lunas — disse Megan, colocando os copos na mesa de piquenique e indo até o varal. — A mãe não está bem. Ela está num hospital, e o pai se mudou pra ficar perto dela. Ele está numa pensão, assim pode vê-la todos os dias. Os médicos dizem que isso faz bem pra ela.

— Que pena! — Julie se aproximou de Megan. — Ei, deixa que eu te ajudo a dobrar esse lençol. Faz muito tempo que a sua mãe está doente?

— Faz dois meses que ela está no hospital. Na verdade, não é bem um hospital. É mais uma casa de repouso.

— Então ela não está fisicamente doente?

— Ah, não. Quer dizer, ela está magra, abatida, mas não tem nenhuma doença. É emocional. Meu irmão caçula foi morto em julho passado. Talvez você tenha lido no jornal, visto a foto dele. Daniel Gregg?

— Acho que sim — disse Julie, sentindo a velha e conhecida náusea subir-lhe pela garganta.

— Bem, a mãe se culpou por isso. O Danny estava passando a noite na casa de um amigo, a alguns quilômetros daqui, e ele e o garoto brigaram. O Danny ligou e disse à mãe que queria voltar pra casa, e ela falou que não ia buscá-lo. Disse que ele tinha de ficar e resolver as coisas com o amigo. Mas ele não queria. Então pegou a bicicleta pra voltar pra casa sozinho. Era tarde da noite, e a bicicleta não estava preparada pra andar no escuro. Alguém fez a curva em alta velocidade e bateu nele.

— E vocês não sabem quem foi? — Julie notou que suas mãos tremiam. Apertou um dos pregadores com força e o removeu do lençol.

— A polícia diz que podem ter sido uns adolescentes que voltavam da área de piquenique de Silver Springs. Tinha um pessoal lá naquela noite; um dos guardas-florestais viu. Ele falou que eram quatro, dois garotos e duas garotas, mas não os viu de perto o bastante para poder descrevê-los. A atendente da emergência disse que a voz que ligou parecia ser de um garoto, um adolescente, mas ela também não tinha certeza.

— E a sua mãe? — perguntou Julie, pegando as duas pontas do lençol do seu lado.

— Ela meio que desabou. No começo, não foi tão grave. Acho que estávamos em choque. Danny era o menorzinho, o único filho do segundo casamento da mãe, e todos nós o adorávamos e o mimávamos um pouco. Foi por isso que a mãe não quis pegá-lo naquela noite. Ela e o pai tinham concordado que era melhor parar de fazer tudo o que ele pedia. Então, quando ele tentou voltar sozinho e morreu, você imagina como ela ficou. Ela achou que a culpa foi dela.

— Mas ela não tinha como saber o que ia acontecer! — exclamou Julie.

— Não, claro que não, e a gente disse isso pra ela um milhão de vezes. Mas a mãe ficou remoendo a história e não demorou pra se convencer de que ela mesma tinha matado o Danny por não tê-lo buscado. Então, uns meses atrás, ela teve um colapso. Quer dizer, um dia de manhã não conseguiu mais sair da cama. Ela simplesmente ficava lá, sem falar com o pai ou comigo. A gente chamou um médico e... Bem, não vou entrar em detalhes. Agora ela está recebendo a ajuda de que precisa.

— Que coisa terrível. Simplesmente terrível. — A voz de Julie tremia de leve. Ela olhou para a casa. Onde estava Ray? Por que estava demorando tanto?

Vamos, por favor, implorou-lhe em seus pensamentos. *Por favor, me tire daqui. Não quero mais ouvir.*

— O Danny era um garoto meigo — disse Megan, dobrando uma camisa e colocando-a cuidadosamente na cesta, em cima do lençol. — Teimoso, é verdade, mas uma graça. O que você pedisse, ele fazia. Ele me chamava de Sissy. Começou a me chamar assim quando ainda não conseguia dizer *sister*. Eu penso nele um bocado. — Ela olhou de soslaio para Julie e se deteve de repente ao ver o seu rosto. — Estou te perturbando, não estou? Desculpa. Aqui está você, uma completa estranha, e eu não paro de falar dos problemas da minha família, como se você fosse parte dela.

— Eu sinto tanto por você... Por vocês todos. — As palavras saíram com dificuldade da boca de Julie.

— É mais do que isso. — Megan se aproximou e tocou a mão dela. — Aposto que você também perdeu alguém, não foi? Dá pra perceber. Um irmão ou uma irmã?

— Sou filha única. Mas perdi meu pai. Já faz muitos anos.

— As coisas ficam mais fáceis, não ficam? Precisam ficar.

— Ficam menos intensas. Você para de pensar nisso o tempo todo, mas nunca se esquece de verdade. Eu era criança quando papai morreu, mas até hoje, quando dá seis da tarde e outros pais estão chegando do trabalho, me pego olhando a porta da frente. Uma noite, o Bud, um cara com quem estou saindo, apareceu em casa por volta dessa hora, e eu estava sentada na sala de estar e ouvi seus passos. Ele anda de um jeito parecido com o do meu pai, como se fosse em dois tempos... — Ela parou quando Ray apareceu na porta da cozinha. — Aqui! Estamos aqui fora!

— Precisei ligar pra mais de um lugar — disse Ray. Julie percebeu nos olhos dele que não era fácil contar aquela mentira. — Finalmente consegui alguém. Ele já está vindo.

— Tem um copo de chá gelado pra você ali na mesa — avisou Megan.

— Muito obrigado, mas acho que é melhor voltarmos para o carro. — Ele se virou para Julie. — Pronta?

— Sim. — *Definitivamente, sim*, ela acrescentou em pensamento. *Sim, sim, sim.* — Megan, muitíssimo obrigada.

— Ora, de nada. Pode ser egoísta da minha parte, mas fiquei contente com o problema no carro de vocês. Estava louca pra conversar com alguém.

— Espero que a sua mãe melhore logo — disse Julie, pensando em quão inadequadas eram aquelas palavras.

— Eu acho que vai. Os médicos que estão cuidando dela são bons. E, claro, ela tem o pai por perto. — A garota sorriu calorosamente. — Apareça no Bon Marché um dia desses pra eu fazer o seu cabelo. A cor é tão bonita, seria divertido brincar com ele.

— Obrigada. Talvez eu apareça. — Ela sentiu a mão de Ray em seu braço. — Tchau.

— Tchau. Espero que não seja nada muito sério com o carro de vocês! — Megan gritou enquanto eles se dirigiam à estrada.

Os dois só falaram dentro do carro. Ray girou a chave na ignição e deu partida no motor.

— Vocês duas ficaram amigas bem rápido — disse ele em voz baixa. — Que negócio foi aquele sobre a mãe?

— Megan é filha dos Gregg. — Julie sussurrou para que não houvesse nenhuma possibilidade de a sua voz chegar à moça no quintal. — A sra. Gregg se culpa pelo acidente com Daniel. Ela teve um colapso e está num hospital, em outra cidade.

— Ah, meu Deus — Ray falou. Havia sofrimento em sua voz. — Isso nunca acaba, não é?

— O sr. Gregg está com ela — continuou Julie. — E Megan está sozinha aqui. Ray... — Ela lutou para segurar as lágrimas iminentes. — Nós não apenas matamos um garotinho. Nós arruinamos uma família inteira!

— A vida de qualquer um está entrelaçada com a de outras — murmurou Ray. — Assim como a vida de Barry com a dos pais dele, com a de Helen e até com a nossa. Você está arrependida de termos vindo?

— Estou. Eu preferiria não ter sabido. Antes essas pessoas eram apenas nomes em uma notícia de jornal. Agora elas são de verdade. Eu nunca vou conseguir tirar da cabeça a imagem da Megan recolhendo as roupas do varal e falando do seu irmãozinho e de como ele costumava chamá-la de Sissy. — Julie secou os olhos com o dorso de uma das mãos. — Mas tem uma coisa. Agora podemos ter certeza de que os Gregg não tiveram nada a ver com o que aconteceu com o Barry.

— Por quê?

Bem, não pode ter sido a Megan, basta ver como ela agiu conosco. E os pais dela não estão aqui. Estão em Las Lunas há uns meses.

— Ela disse isso?

— Disse. É por isso que ela parece tão solitária. Está morando sozinha.

— Estranho. A moldura da fachada foi pintada até a beira do telhado. Ela é tão baixinha, não entendo como poderia ter alcançado tão alto.

— Talvez algum vizinho esteja ajudando — sugeriu Julie. Ela ficou surpresa diante da observação. — Que diferença isso faz?

— Imagino que nenhuma. Mas tem outra coisa me incomodando. Se ela está morando sozinha, por que tinha uma camisa de homem pendurada no varal?

— De repente, ela mesma usa a camisa. Muitas garotas usam as camisas do pai. Eu não, claro, porque não tenho pai, mas muitas das minhas amigas usam.

— Ok, ok, já entendi — disse Ray. Julie percebeu que a sua tagarelice nervosa estava começando a irritá-lo.

— Eu gostei da Megan. Eu realmente gostei dela, Ray. E acho que ela gostou de mim também.

— Isso não significa que o pai dela não seja capaz de pegar uma arma e atirar em alguém. Você me falou que o Daniel era o único filho biológico do sr. Gregg. Que Megan e qualquer outro filho são do casamento anterior da sra. Gregg. Um homem nessa situação teria uma razão muito forte pra perder a cabeça.

— Mas o pai dela não está lá! Faz meses que ele não está lá! Você não acredita?

— Não sei — disse Ray, cansado. — Eu sinceramente não sei mais no que acredito.

11

Eles agora estavam na North Madison. Com mãos bem treinadas, Ray girou o volante para entrar no estacionamento do Four Seasons.

Era a primeira oportunidade que ele tinha de visitar alguém naquele condomínio. Conforme dava a volta na piscina e subia a escada para o segundo andar atrás de Julie, teve de admitir a si mesmo que estava impressionado.

— Parece que a Helen realmente se deu bem — murmurou, enquanto Julie apertava a campainha do número duzentos e quinze.

Ela acenou com a cabeça.

— Espera só até ver por dentro!

O interior do apartamento era azul e verde, com diversos tons de lavanda. As cores frias constituíam um fundo perfeito para a própria Helen, que, ao contrário de Julie, parecia ter mudado pouco durante o último ano, a não ser, talvez, pelo fato de ter ficado ainda mais bonita.

Ela ficou contente por vê-los - quase contente demais –, agarrando as mãos de ambos e dando um rápido beijo de boas-vindas na bochecha de Ray.

— Que bom ver vocês! Você está ótimo, Ray, todo bronzeado e cabeludo. Adoro homem de barba. — Helen os conduziu à sala de estar, onde uma menina pálida e robusta estava sentada no sofá. — Elsa, este é Ray Bronson, um amigo da escola. Acho que você já conhece a Julie James. Ray, minha irmã, Elsa.

— Prazer em conhecê-la, Elsa — Ray disse educadamente, porém chegando à conclusão exatamente contrária em seu pensamento. Poucas vezes na vida ele fora apresentado a uma pessoa cuja aparência a tornasse menos agradável de conhecer. Era incrível que aquela menina atarracada, com cara de poucos amigos, fosse parente próxima de alguém tão atraente quanto Helen.

— Oi — disse Elsa. — Oi, Julie. Nossa, você está doente ou algo assim? Você mudou bastante.

— Acho que perdi um pouco de peso — falou Julie.

— Sentem-se — Helen convidou. — Vocês querem uma cerveja, uma Coca ou alguma outra coisa?

— Obrigada, mas a gente não estava planejando ficar por muito tempo. — Julie não fez nenhuma menção de que ia se sentar. — Só passamos pra saber se você tem notícias do Barry. Não sabíamos que você estava com visita.

— Ah, não se preocupem comigo — disse Elsa. — Eu já estava de saída mesmo. — Ela abriu as pernas, lançou seu peso para a frente e pôs-se pesadamente de pé. — Eu vim pela mesma razão. Quando li a notícia no jornal, não consegui acreditar. Falei pra mamãe: "Esse Barry Cox que foi baleado é o namorado da Helen!". Falei: "É melhor eu passar lá depois do trabalho pra ver como a Helen está". Achei que ela estaria acabada.

— Eu estava, ontem à noite — falou Helen —, quando Collie me levou ao hospital.

— Collie? — Os penetrantes olhos de Elsa iluminaram-se. — Quem é esse?

— Um cara bacana que mora aqui no andar. Ele viu a notícia na TV e, sabendo como eu ia ficar, foi até o estúdio me pegar. Os Cox estavam no hospital, e Barry estava na sala de cirurgia, e ninguém sabia se ele ia viver ou não. Foi horrível. Mas hoje as coisas estão melhores.

— Telefonei para o hospital de manhã — disse Ray. — Não quiseram me dizer muita coisa, mas falaram que ele já tinha deixado a sala de recuperação.

— Também telefonei. E de novo agora à tarde.

— Estou surpresa por você não estar lá com ele agora — comentou Elsa. — Afinal, pelo que você diz, está praticamente noiva do cara.

— O Barry precisa repousar. Eu vou vê-lo mais tarde. — Havia certa tensão na voz de Helen. — Obrigada por ter vindo, Elsa, foi muita gentileza da sua parte.

— Como eu não viria? O namorado da minha irmã leva um tiro na barriga! Parece até coisa de filme. Você logo pensa que esse tipo de coisa acontece em Nova York, em Chicago, em lugares assim, não em cidades calmas e com gente normal.

Com relutância, Elsa começou a caminhar em direção à porta. Helen tomou a frente e a abriu.

— Ah, a propósito — Elsa se deteve —, a mamãe me pediu pra perguntar se você quer ficar lá em casa por uns dias. Sabe como é, voltar para o ninho, onde ela pode te alimentar, dar chá quente, esse tipo de coisa. Ela está com medo de que, sozinha aqui, você fique sem comer.

— Fala pra ela que eu agradeço, mas que estou bem. — Helen abriu a porta ainda mais. — Tchau. Manda um beijo pra todo mundo. E obrigada por ter vindo.

— De nada. Como eu falei, que coisa terrível. Acho que a mamãe vai te ligar hoje à noite, já que você não quer ir pra lá. Ela está preocupada com o jeito como você vai lidar com isso. Tchau, Julie, se cuida. Prazer em te conhecer, Ray.

As palavras continuaram chegando à medida que Elsa atravessava a porta e adentrava o corredor e só terminaram quando Helen fechou a porta, apoiando-se nela com uma expressão de exaustão exagerada.

— Graças a Deus! — disse ela, com um suspiro de alívio. — Nunca fiquei tão contente por ver alguém quanto ao ver vocês dois. Eu estava com medo de que ela fosse ficar aqui a noite toda.

— Ela definitivamente não parece muito com você — comentou Ray. — Tem certeza de que são da mesma família?

— Certeza até demais. Por que você acha que eu tinha tanta pressa de ter a minha própria casa? Não era pra ficar longe dos meus pais. Eu cresci dividindo um quarto com a Elsa. — Helen saiu de perto da porta, voltou à sala de estar e desabou no sofá no qual a irmã estivera sentada até poucos minutos antes. — Ela estava me esperando aqui quando voltei do estúdio e ficou aqui desde aquela hora, repassando cada detalhe sórdido e fazendo as perguntas mais horríveis. Eu realmente acho que ela está adorando a situação. Elsa nunca gostou do Barry mesmo, e agora pode alardear pra todo mundo do trabalho que seu quase cunhado foi baleado a sangue-frio.

— Você vai mesmo ao hospital hoje à noite? — perguntou Ray. — Estão permitindo visitas?

— Apenas família, e eu não me encaixo nessa categoria. Pelo menos não me encaixava quando perguntei hoje de manhã. — Helen fez um gesto de frustração. — Só falei aquilo pra Elsa me deixar em paz. Eu deveria poder vê-lo.

— Claro que deveria — concordou Julie. — Será que os Cox não deixariam você entrar com eles?

— Está brincando? — Helen disse com tristeza. — Esse é o último jeito como vou conseguir entrar. Você não acreditaria nas coisas que a sra. Cox me falou ontem, enquanto o Barry estava na cirurgia. Ela praticamente me expulsou da sala de espera. Até me acusou de ter feito a ligação que o fez ir ao campo de atletismo.

— Quer dizer que não foi você? — perguntou Ray. — Quando li no jornal que ele tinha recebido um telefonema...

— Eu sei. Também li isso. Mas não fui eu.

— Então imagino que você não saiba nada além do que já sabemos — disse Ray. — A gente achou que talvez você pudesse esclarecer as coisas.

— Não posso. A única coisa... — A voz de Helen sumiu.

— O quê?

Bem, tem a página da revista que estava na minha porta e o bilhete que alguém mandou pra Julie.

— E o recorte que me mandaram — disse Ray.

— Um recorte? — Helen arregalou os olhos.

— A notícia do acidente. Recebi pelo correio, no sábado. Alguém se deu ao trabalho de cortar, guardar e me mandar o jornal.

E você acha que existe uma conexão entre isso e o que aconteceu com o Barry? — Helen indagou. — Ah, não pode ser! Não quero acreditar nisso!

— Nem a Julie. Ela está fazendo de tudo pra se convencer de que não há nenhuma relação.

— Não — disse Julie numa voz grave. — Agora que a gente sabe que não foi a Helen quem ligou, eu estou convencida. Alguém fez isso. Mas não acredito que tenha sido um dos Gregg.

— Quem, então? — Ray questionou. — Você consegue pensar em alguma outra pessoa?

— De cara, não, mas isso não quer dizer que não exista alguém que odeie o Barry por uma razão totalmente diferente.

— Impossível — afirmou Helen. — Ninguém poderia odiar o Barry.

— Como você sabe? — perguntou Julie.

— Eu conheço o Barry melhor do que qualquer um. Afinal, estamos juntos há dois anos. Ele não tem um só inimigo no mundo.

Julie abriu a boca para rebater aquela afirmação, porém pensou melhor e se calou. Então voltou-se para Ray:

— O que você acha que devemos fazer?

— Eu voto por irmos à polícia — disse Ray — contar a história toda. É o que deveríamos ter feito desde o começo.

— A polícia? — exclamou Helen. — Não podemos fazer isso, e você sabe! Fizemos um pacto.

— Bem, a gente pode dissolver esse pacto — Ray falou —, se nós três estivermos de acordo.

— Eu não vou concordar com isso — disse Helen. — Nunca. Que sugestão mais nojenta. Só porque o Barry está preso a uma cama de hospital e não pode se defender, você quer jogá-lo aos leões.

— Não é nada disso! — Ray estava começando a ficar nervoso. — Quando nós fizemos o pacto, nunca imaginamos que algo assim iria acontecer. Se a pessoa que atirou em Barry fez isso por vingança, por que se contentaria em atirar em apenas um de nós? O próximo pode ser você, ou Julie, ou eu.

— E se não foi por esse motivo que Barry levou um tiro? E se foi um acidente bizarro, um aluno chapado andando por aí com um revólver? Nesse caso, você iria denunciar o Barry por nada. Ele iria sair do hospital e se deparar com uma sentença de prisão. Será que ele já não sofreu o bastante?

— A gente não pode falar com ele? — perguntou Julie. — Ele deve saber o que aconteceu.

— E como você sugere que a gente entre no hospital pra fazer isso? — indagou Helen, ressentida. — Se eu não posso vê-lo, por que vocês poderiam?

— Será que não podemos falar com ele por telefone? — sugeriu Ray.

— Não tem telefone no quarto. Já perguntei.

— E os pais? — disse Julie. — Eles podem entrar. O Barry certamente contou pra eles quem foi que telefonou.

— Eles acham que fui eu — falou Helen.

— Eles achavam isso ontem à noite, mas até então não tinham falado com o Barry. A essa altura, eles já devem saber a verdade.

— Vou ligar e perguntar — ofereceu-se Ray.

— Você?

— Por que não? Eu e o Barry somos amigos há muito tempo. Tentei ligar pros pais dele assim que soube o que aconteceu, mas eles não estavam.

— Você pode tentar — disse Helen. — Não temos nada a perder. Na pior das hipóteses, você vai ficar sabendo mais informações sobre o estado dele.

— Certo. — Ray se levantou e foi até o telefone. — Você sabe o número?

— Está na capa da lista telefônica, escrito em vermelho. O outro número, em azul, é da casa da fraternidade.

Ray tirou o fone do gancho e discou. A ligação foi atendida imediatamente pela voz grave de um homem.

— Alô. Sr. Cox? — falou Ray. — Aqui é Raymond Bronson.

— Ray? — A voz do homem parecia mais velha do que Ray se lembrava. — Ah, sim, claro, o amigo do Barry. Eu não sabia que você ainda estava na cidade.

— Eu não estava. Voltei da Califórnia faz poucos dias. Nem tive a oportunidade de ver o Barry antes de ficar sabendo do tiro. Os amigos dele estão muito abalados com a coisa toda. Eu falei que iria ligar pra saber como estão as coisas.

— Ele vai sobreviver — disse o sr. Cox. — Parece já não haver dúvida quanto a isso. A mãe dele e eu fomos ao hospital hoje de tarde, e ele parecia estar bem mais forte do que estava de madrugada.

— Que ótimo — Ray falou com sinceridade. — Eles acham que o Barry já estará jogando futebol no próximo outono?

— Bem, essa já é outra questão — o sr. Cox disse lentamente. — Há algumas dúvidas em relação a isso. Você soube que a bala estava alojada na coluna dele? Bem, é uma área delicada. Uma lesão ali pode causar paralisia.

— Você está dizendo que o Barry pode ficar paraplégico?! — Ray não foi capaz de conter o horror em sua voz.

— Não necessariamente. Estamos rezando para que isso não aconteça. No momento ele está paralisado da cintura para baixo, mas pode ser uma condição temporária. Claro que ninguém falou nada disso a ele. Não faz sentido preocupá-lo até que esteja mais forte, e pode ser que nem haja necessidade quando isso acontecer. Talvez ele já esteja bem até lá.

— Torço muito pra que sim.

— Todos nós torcemos. Foi muita gentileza da sua parte telefonar, Ray. Direi ao Barry que você desejou melhoras.

— Por favor, faça isso. E eu estava pensando... O senhor acha que eu poderia vê-lo? — Diante do que acabara de ouvir, Ray perguntou com hesitação. — Faz meses que não o vejo, e eu realmente gostaria de conversar com ele.

— Temo que isso esteja fora de questão — o sr. Cox falou com firmeza. — Eu e a mãe de Barry somos os únicos que podem visitá-lo. Ele não pode ficar socializando. Estou certo de que você entende. Vou transmitir a ele os seus votos de melhora.

— Sr. Cox? — Ray fez a pergunta sem vacilar: — Por acaso vocês descobriram o que realmente aconteceu? Talvez Barry tenha dito alguma coisa... O telefonema de que os jornais tanto falaram... Ele disse quem ligou? Existe alguma conexão entre esse telefonema e o que aconteceu depois?

— Parece improvável. Segundo Barry, era Helen Rivers no telefone.

12

— Mas Helen diz que não foi ela, e ninguém melhor do que ela pra saber. — Julie apoiou a cabeça no encosto do banco do carro e soltou um suspiro tão cansado que Ray se virou com preocupação.

— Tudo bem aí?

— Ah, sim. Estou bem. Nunca estive melhor. — Ela própria se assustou com o tom de histeria em sua voz. — Alguém está mentindo: ou a Helen, ou o Barry, ou o sr. Cox. Quem, Ray? E por quê?

O carro seguia devagar sob o crepúsculo crescente. As montanhas a leste tinham um leve toque de rosa, vindo dos últimos raios do sol poente.

Em algum lugar nessas montanhas, pensou Julie, *fica a casa dos Gregg, e Megan está lá agora, na cozinha amarela, pensando se vale a pena ou não fazer um jantar para uma só pessoa. E, a poucos quilômetros dali, a área de piquenique de Silver Springs está ficando fria e cheia de sombras. Mais tarde talvez haja uma lua presa naquele pinheiro.*

— Parece um carrossel — disse ela, cansada —, com tudo se movendo em círculos e nenhuma resposta. Por que algum deles mentiria?

— Talvez todos estejam dizendo a verdade.

— Como eles podem estar dizendo a verdade se falam coisas diferentes?

— Não estou falando da verdade absoluta. Estou falando da verdade que cada um enxerga. O sr. Cox pode estar repetindo exatamente o que Barry disse pra ele. Barry pode ter acreditado que a pessoa no telefone era a Helen, mesmo que não fosse.

— Quer dizer, alguém imitando a voz da Helen? — Julie considerou a ideia por um instante. — Suponho que seja possível, mas ele a conhece tão bem...

— Ele estava esperando que ela ligasse. Ela havia ligado mais cedo e deixado um recado para que ele telefonasse de volta, e ele não telefonou. Se a pessoa no telefone fosse uma garota ou uma mulher, alguém que conhecesse bem a Helen e fosse capaz de imitar a voz dela, e se o Barry estivesse esperando que fosse a Helen, ele poderia ter sido enganado.

— Mas quem faria uma coisa dessas? — perguntou Julie. E então um pensamento súbito lhe ocorreu: — Elsa!

— A irmã da Helen?

— Por que não? Ela é uma pessoa horrenda, e está na cara que tem muita inveja da Helen. Eu me lembro do dia em que a conheci...

Sua voz se esvaiu à medida que sua mente voltou àquele claro dia de primavera, pouco mais de um ano antes, em que ela voltara da escola com Helen para ver o vestido que a garota usaria na formatura.

Na época, parecera-lhe estranho ir à casa de Helen. Embora namorassem meninos que eram como unha e carne, as duas tinham pouco em comum. Helen não era garota de confidências ou amizade fácil e pouco se interessava pelas atividades da escola. Julie, por outro lado, se envolvia até *demais* em clubes, comitês e ensaios das líderes de torcida para ter tempo para um relacionamento próximo, devoto com qualquer pessoa.

Naquele dia, porém, Helen a parara no corredor.

— Comprei um vestido para o baile — dissera ela, empolgada. — Quer passar lá em casa pra ver?

Os olhos de Helen brilhavam, e seu rosto tinha a expressão encantada de uma criança que quer dividir um tesouro maravilhoso. Teria sido impossível não sorrir de volta.

— Claro — falara Julie, tomando rapidamente a decisão de faltar à reunião do comitê de dança, marcada para depois da aula. — Eu adoraria ver o vestido.

Assim, elas se encontraram na porta sul e caminharam juntas pela tarde branda e azul – uma tarde, Julie se lembrava com uma dor súbita, muito parecida com a que estava fazendo agora, tirando o fato de que nada a estragara. Fora um dia repleto de sol e de planos para o baile que viria e da maravilha de ser jovem e bonita e apaixonada.

A casa de Helen era pequena, simples e abarrotada de crianças. Dois garotinhos brigavam no quintal da frente, e uma TV estridente dominava a sala de estar, em que uma menina de uns doze anos de expressão solene e uma criança com a fralda molhada estavam sentadas, em transe.

A mãe de Helen estava no quarto.

— Ela não está muito bem — Helen falara casualmente. — Essa barulheira, essa gritaria toda a deixa nervosa quando ela está grávida. Vem, meu quarto fica nos fundos.

Fora lá que Julie conhecera Elsa. Uma menina robusta, aparentemente alguns anos mais velha do que Helen, largada em uma das camas iguais enquanto folheava uma revista. Ela olhara para as duas no momento em que entraram, e seus olhos se estreitaram ligeiramente atrás dos óculos.

— Não me diga — anunciara Elsa. — A Princesa está trazendo uma amiga em casa!

— Essa é minha irmã, Elsa — Helen falara. — Essa é Julie James.

— A tal líder de torcida. — A voz de Elsa era monótona. — Ouvimos falar de Julie James o tempo todo por aqui, dela e de Barry Cox e das outras pessoas de alta classe com quem Helen anda por aí.

— Olá, Elsa — Julie dissera da maneira mais agradável que conseguia. Seus olhos fixaram-se no vestido estendido sobre a cama perfeitamente arrumada de Helen. — Ah, ele é lindo! — E era mesmo. Simples e branco, em estilo grego, com uma fina borda dourada. Assim que Helen o pegara e o erguera à sua frente, Julie tivera de recuperar o fôlego. — É lindo! — exclamara. — Tão elegante! Onde você o achou?

Após um instante de silêncio, Elsa dissera:

— Desembucha, Helen. Não vai contar? — Ela se virara para Julie. — Ela comprou no bazar de caridade. É lá que Helen compra todas as roupas *elegantes* dela. São coisas que outras pessoas não querem mais. Esse vestido provavelmente era de alguma mulher da sociedade que ficou gorda demais pra caber nele.

— Você não precisava ter contado, Elsa. — O rosto de Helen ficara completamente vermelho. Ela abaixara o vestido e o segurara defensivamente diante de si, como que tentando se proteger das palavras. — Ele não tem cara de que foi comprado no bazar de caridade.

— Foi um achado maravilhoso — Julie falara rapidamente. — Não importa de onde veio. Tenho certeza de que fica melhor em você do que em qualquer outra pessoa. Se é esse o tipo de coisa que você acha no bazar de caridade, vou começar a comprar lá também.

— Eu não compro só lá — dissera Helen. — Geralmente compro em lojas normais. Mas roupas de festa são muito caras.

— E a nossa linda Helen não pode se vestir como todo mundo: ela tem de ser uma princesa. — Elsa se sentara na cama. Ela falava baixo, mas havia em sua voz uma amargura que fizera Julie se retrair. — Hoje é o meu dia de folga. Segunda-feira. Ótimo dia pra ter folga, não é? O que dá pra fazer na segunda? Durante o resto da semana, eu fico o dia todo em pé atrás do balcão de lingerie da Wards. E pra quê? Pra trazer dinheiro pra casa apenas pra minha mãe pegar e dar pra Helen comprar um vestido de formatura que ela vai usar uma vez e depois guardar no fundo do armário.

— Não custou muito — dissera Helen.

— Então, por que você não ganha o seu próprio dinheiro? Por que você não arruma um emprego depois da escola e traz algum dinheiro pra casa em vez de só tirar? Aquele fast-food em Carlisle está contratando alguém pra ajudar na cozinha na hora do jantar. Tudo o que você precisa fazer é se candidatar.

— Não quero ficar fritando hambúrguer, obrigada. Já faço isso o bastante aqui. — Helen pendurara o vestido no armário. — Vamos — dissera a Julie. — Vamos tomar um refrigerante, sei lá.

— Não posso — respondera Julie, olhando sem jeito para o seu relógio. — O Ray vai passar em casa, preciso ir.

Ela sorrira para Elsa. Não fora nada fácil.

— Tchau. Prazer em te conhecer.

— Igualmente — Elsa respondera.

Pensando bem, essa era a imagem que Julie havia guardado de Elsa: pernas grossas, rosto quadrado, cabelo desarrumado pelo travesseiro, um leve queixo duplo, aqueles olhos penetrantes e fixos atrás dos óculos e o ressentimento, o horrível ressentimento.

— Ela poderia ter feito uma coisa dessas — Julie disse a Ray. — Ela poderia ter ligado para o Barry e fingido ser a Helen. Ela poderia até ter atirado nele.

— Você acha? — Ray parecia cético. — Ela é problemática, concordo, mas o que poderia ter contra o Barry? Ninguém dá um tiro no namorado da irmã por razão nenhuma.

— Inveja. Ferindo o Barry, ela está ferindo a Helen.

— Pode ser, eu acho. Os bilhetes e essas coisas seriam pra despistar. Ela pode ter ficado sabendo do acidente. A Helen disse que elas dividiam o quarto. De repente, a Helen fala dormindo ou algo assim.

A essa altura eles já tinham chegado à casa dos James. Ray parou na frente da casa; o motor do carro continuava ligado.

— Quer que eu passe aqui mais tarde? A gente podia conversar.

— Acho que a gente já conversou bastante. Minha cabeça está a mil, e não vejo como continuar remoendo essa história vai ajudar. A pessoa com quem precisamos conversar é o Barry.

— Bem, talvez a gente consiga fazer isso amanhã. — Ray fez menção de tocá-la, porém pensou melhor e pôs as mãos de volta no volante. — Tome cuidado. — Não era uma despedida normal. Os olhos dele estavam preocupados. — Estou falando sério, Jules. Tenha cuidado.

— Você está me pedindo pra ficar atenta?

— Sim. E nada de sair pra encontrar alguém que por acaso telefone, ou, sei lá... Nós não temos como ter certeza de que foi a Elsa. Não temos como ter certeza de nada por enquanto. Então, toma cuidado. Ok?

— Você também. Toma cuidado você também.

Ela saiu do carro. A noite começava a cair rapidamente. O rosa do céu dera lugar ao púrpura, e uma estrela solitária cintilava acima de Julie. As luzes da casa estavam acesas; quando ela chegou aos degraus, olhou para trás e notou que Ray continuava parado no mesmo lugar, observando-a. Somente depois de entrar e fechar a porta, ela ouviu o motor roncar e o carro partir.

Sua mãe estava de novo assando alguma coisa. Um cheiro de pão enchia a casa.

— Julie — ela chamou da cozinha. — É você, meu amor?

— Claro. Quem mais seria?

Por um longo instante, Julie permaneceu na sala de estar, recompondo-se, tentando acalmar seu coração acelerado. A exaustão emocional provocada pelos confrontos da tarde ameaçava vencê-la. Subitamente o calor familiar da casa, a voz acolhedora da mãe, os cheiros e os sons seguros e cotidianos e a sensação de lar eram mais do que ela conseguia aguentar.

— Julie? Estou na cozinha.

— Já vou. — Respirando fundo, Julie atravessou a sala de estar e chegou à cozinha.

Sua mãe, que estava tirando um pão da forma, olhou-a ligeiramente e depois não tão ligeiramente. Seu olhar era inquisidor.

— O que foi, meu amor? Alguma coisa errada?

— Não. O que poderia estar errado? — Julie fez um gesto na direção do pão. — Para que cozinhar tanto de uns tempos pra cá? Está tentando nos transformar em elefantes?

— Uns quilinhos a mais não te fariam mal nenhum. — A mãe voltou para sua tarefa. — Por onde você andou? Já passa das seis e meia.

— O Ray me pegou depois da escola. A gente ficou dirigindo por aí, conversando.

— Que bom. — A mãe sorriu. — Fico feliz por Ray estar de volta. Só queria que ele tirasse aquela barba besta e voltasse a ter a mesma cara de antes.

— Eu até que gosto da barba. Ele ficou parecendo mais velho com ela.

— Também notei isso, mas acho que não é só a barba. Esse ano na Califórnia fez com que ele amadurecesse. Você sabe que eu sempre gostei do Ray, mas conversando com ele ontem à noite, antes de você chegar da Helen, parecia que eu conversava com um adulto. — A sra. James riu. — Suponho que nem você nem ele considerariam isso um elogio.

— Que engraçado — disse Julie. — Você gosta que o Ray pareça mais velho, mas, do Bud, que é de fato um pouco mais velho, você não gosta.

— Bem, existem tipos e tipos de homem mais velho. O Bud age que nem o meu avô. Aposto que ele vai te pedir em casamento antes de te beijar.

— Eu te conto. Até agora, nem uma coisa, nem outra.

Julie permaneceu ali, encostada no batente da porta, e observou enquanto a mãe transferia o pão para um prato. A luz vinda do teto caía em seu cabelo com uma nuance prateada. *Caramba, quanto cabelo branco!*, pensou Julie, sobressaltada. *Ela está ficando grisalha.*

Julie continuou imóvel, olhando o cabelo da mãe, que sempre fora tão espesso e preto.

— Como asas de corvo — seu pai dissera uma vez antes de estender uma mão delicada para alisar aquela opulência cintilante.

Quando o cabelo dela tinha começado a mudar? Ontem? Semana passada? Ano passado? Envolvida como estava em suas próprias preocupações, Julie não havia reparado.

As veias se destacaram como finas cordas roxas no dorso das mãos da mãe quando ela ergueu a tampa para colocá-la sobre o prato. Já não eram as mãos de uma mulher jovem.

— Mãe — Julie falou baixinho, varrida por uma onda de ternura que, de tão grande, beirava a dor. — Mãe, eu te amo muito.

— Oh, meu amor! — A mãe se voltou para ela, surpresa. — Eu também te amo, Julie! O que foi, querida? Tem alguma coisa errada.

Por um instante crucial, Julie hesitou, dilacerada pela tentação de jogar-se nos braços da mãe, chorar e contar aquela história horrenda. Que alívio seria finalmente expelir tudo! Pôr a cabeça num ombro adulto e chorar: "Eu fiz uma coisa horrível! Eu participei de uma coisa horrível!". Suplicar: "Me ajuda, mãe! Me diz o que fazer!". Naquele momento, isso pareceu a coisa mais próxima do paraíso.

Entretanto ela não o fez, impedida tanto pela vulnerabilidade no rosto da mãe quanto pela memória do pacto. Aquela mulher já tinha muitos fardos para carregar. A responsabilidade era de Julie, não de sua mãe, e, nesse caso, dor compartilhada não seria dor diminuída.

Então Julie simplesmente disse:

— Acho que estou cansada, só isso. As provas e tudo o mais. E a empolgação de entrar na Smith. Quer que eu comece a fazer o jantar? Você tinha planejado alguma coisa especial?

— Pensei em esquentar alguma coisa congelada no micro-ondas — disse a sra. James. — Com pão caseiro, do que mais a gente precisa?

O telefone tocou. A voz de Bud disse:

— Você devia estar falando com alguém muito interessante. O telefone só dá ocupado há mais de uma hora.

— Deve ter algo errado com a linha — disse Julie. — Nós temos esse problema às vezes. Uns meses atrás, o telefone ficou sem sinal por três dias, e a gente nem percebeu.

— Enfim, ainda bem que eu finalmente consegui falar com você. Estava pensando se você não quer ver um filme amanhã à noite. Você está estudando demais. Relaxar um pouco pode te fazer bem.

— Só se for uma comédia. Qualquer coisa pesada e dramática iria acabar comigo.

Eles conversaram por alguns minutos, e Julie concordou em sair na noite seguinte. Quando ela voltou à cozinha, já tinha recuperado o controle de si.

Apesar dos olhares preocupados de sua mãe durante o jantar, a conversa foi normal. Aquele singular instante em que a história inteira quase lhe escapara havia ficado para trás.

13

A mulher de uniforme branco e engomado colocou o vaso de cravos no parapeito da janela e olhou o cartão.

— Este é da Crystal — disse. — Diz: "Melhore logo, as coisas não são as mesmas sem você". Ela ergueu os olhos e fez um gesto para todos os vasos de flores que tomavam o parapeito e a mesinha de cabeceira e se perfilavam diante da parede oposta do quarto. — Este lugar parece uma estufa. Quantas namoradas você tem, rapaz?

— O suficiente — Barry falou bruscamente.

Aquela era a enfermeira de quem ele menos gostava. Ela era jovem – um pouco mais velha do que ele – e bonita, de um jeito vigoroso e eficiente. Era o tipo de garota com quem Barry poderia ter tentado alguma coisa se a tivesse conhecido em outro lugar – o velho papo de estrela de futebol americano e "vou abalar seu mundo". O fato de que ela o tinha à disposição, acamado, indefeso, deixava-o furioso.

Ele virou a cabeça e fechou os olhos, fingindo que ia dormir; depois de um instante, ouviu o farfalhar da saia quando ela saiu do quarto.

Era quarta-feira. Tinham lhe dito isso de manhã. De início, ele se recusara a acreditar — o que havia acontecido com a terça? Então, fragmentos da terça começaram a voltar à sua mente: a passagem de maca pelo comprido corredor, a transferência para aquela cama, o rosto franzido do pai observando-o. A parte final da terça se tornou mais nítida. Sua mãe chorando. Uma agulha no braço. Uma agulha no quadril. O médico de cabelo branco. O médico de cabelo preto.

Surpreendentemente, ele não se lembrava de sentir muita dor.

— Ele está sedado — dissera o médico de cabelo preto quando seu pai se inclinara sobre ele e tentara lhe fazer perguntas; Barry não estava tão dopado a ponto de não as compreender.

— Foi a Helen — ele falara, e seu pai havia ficado satisfeito.

— Ele está dizendo que o telefonema foi da Helen — dissera o pai a alguém às suas costas, e Barry ouvira a voz de sua mãe exclamar:

— Claro que foi! Eu soube que essa garota era encrenca desde a primeira vez em que a vi.

Naquela manhã, sua mente estava mais clara, e Barry compreendera tudo: a pilha de cartões na mesa de cabeceira, as flores no parapeito, a identidade das enfermeiras conforme elas trocavam de turno. Ele estava terrivelmente fraco; ao esticar a mão para pegar o cartão no topo da pilha, percebera que ela tremia tanto que era impossível abrir o envelope.

Mas a dor era menor do que ele teria esperado, considerando que uma bala havia praticamente atravessado seu corpo.

— Não sinto minhas pernas — Barry dissera ao médico, o de cabelo branco, que viera ao quarto para trocar os curativos.

— Elas estão aqui — o médico respondera secamente. — Duas. Você estava procurando uma terceira, por acaso?

As rosas eram de Helen. "Com todo o meu amor", dizia o cartão, e ela assinara "Heller", o nome pelo qual ele a chamava na intimidade. A assinatura era exatamente igual à da foto do penúltimo ano da escola, a foto que estava de cabeça para baixo na cômoda, na casa da fraternidade.

Ele desejou que houvesse algum jeito de fazer Helen saber que tinha virado aquela foto. Desejou que ela soubesse que já não a suportava antes mesmo desse episódio do tiro. Uma coisa era chegar à decisão de que era hora de terminar com uma garota que estava enchendo o saco; outra, bem diferente, era descobrir que alguém havia tomado essa decisão por você e descobrir que a menina que ele considerava sincera, pegajosa e veneradora na verdade estava lhe botando chifres.

— A Helen ligou diversas vezes pra perguntar como você está — seu pai dissera naquela manhã.

— E ela veio ao hospital com uma pessoa na noite de segunda — acrescentara a mãe. — Pra mim, um gesto de gosto questionável. Eles ficaram sabendo pela TV.

— Ela veio com uma pessoa? — perguntara Barry. — Com a Julie?

— Não, com um amigo. De cabelo escuro. Não muito alto. Collie Sei-Lá-O-Quê. Eles pareciam ser bem íntimos. — A mãe segurara sua mão. — Sei que não é o momento certo pra contar isso, meu filho, mas será que existe um momento certo? Eu só não quero que você busque apoio emocional num relacionamento que parece ser instável.

— Não existe relacionamento nenhum — Barry falara severamente. — A Helen é livre pra sair com quem ela quiser.

Mas a revelação o deixara sem fôlego.

De todos os golpes baixos, ele remoera em silêncio. Dois anos inteiros dessa palhaçada de fidelidade, amor, sou sua pra sempre, e ela tinha outro esse tempo todo. Vagabunda mentirosa! E ainda teve a coragem de trazer o cara ao hospital!

Se ao menos tivesse agido antes. Era ele quem deveria ter terminado, direto e firme, com outra garota em seus braços, enquanto Helen gritaria, imploraria, suplicaria por mais uma chance. Mas não: ficara com medo de magoá-la e perdera essa oportunidade. Agora estava ali, jogado numa cama, incapaz de devolver minimamente o golpe, e sua mãe despejava as novidades, adorando cada segundo.

— Jogue essas rosas no lixo — ele dissera à robusta enfermeira de rosto corado que estava de plantão quando as flores chegaram, mas a mulher não as jogara. Em vez disso as colocara atrás de outros vasos, e ele conseguia vê-las, destacadas em sua inocência rosada, atrás de uma planta abundante e verde. Se fosse capaz de levantar da cama e atravessar o quarto, ele as teria esmagado.

Mas nem isso era capaz de fazer. Só podia ficar deitado, remoendo aquilo e odiando todo mundo – Helen, o namorado dela, os médicos, o mundo inteiro. Que incluía a sua mãe. Ela finalmente havia vencido, e ele não tinha como escapar de seus sermões. Não era tão ruim quando seu pai também estava presente, mas, naquela manhã, depois de uma rápida olhada e de um "Como você está se sentindo hoje, filho?", ele partira para o escritório, deixando a esposa sozinha com Barry. Ela se acomodara na poltrona ao lado da cama com a satisfação de uma Mamãe Ganso que retorna ao ninho; depois de duas horas de tagarelice da mãe, Barry já estava desesperado por uma injeção, um comprimido, qualquer coisa que calasse o som daquela voz.

— Estamos preparando o seu quarto pra você poder voltar pra casa — ela dissera. — Pensei em pintar as paredes de verde-claro. É uma cor agradável, tranquilizante, não acha? A gente pode colocar a TV portátil no quarto. E o seu computador. O seu pai vai passar na Universidade amanhã para pegar as suas coisas. O seu amigo Lou está empacotando tudo, assim elas estarão à sua espera quando você chegar.

— Falando assim, parece que eu vou ficar em casa pra sempre. — Barry tentara esconder o pânico que vinha junto com a manifestação daquela ideia. — Pois eu não vou. Assim que esse buraco na minha barriga sarar e eu puder comer coisas sólidas de novo e recuperar minha força, vou levantar e sair. Ainda quero ir para a Europa no verão, mas talvez isso tenha de ficar para o fim da estação.

— Eu sei, querido — dissera a mãe, e havia um tom esquisito em sua voz. — Mesmo assim, enquanto você estiver em casa conosco, vai ser bom ter um quarto agradável, não vai?

Ela não discutira a respeito da viagem à Europa, nem repetira a sugestão anterior de viajar de carro até a Costa Leste. Tal omissão era desconcertante e, de alguma forma, quase assustadora.

À exceção dos pais, Barry não podia receber nenhuma outra visita – e era assim que ele queria que fosse. A presença constante da mãe já era sufocante o bastante sem o acréscimo de uma tropa de irmãos da fraternidade e de uma torrente de garotas chorosas. Como a enfermeirinha irritante havia comentado, a quantidade de flores que elas tinham mandado era suficiente para abrir uma floricultura. Ele podia imaginar a cena com todas elas – Crystal, Madison, a traidora da Helen e o resto – entrando e saindo num fluxo interminável, apertando as mãos e lhe trazendo livros e tendo de ser apresentadas umas às outras, cada uma de um lado da cama.

Até mesmo Julie enviara uma planta com um bilhete que dizia: "Melhoras. Nós estamos pensando em você". Quem era aquele "nós", Barry não sabia – Julie e Helen, talvez, ou Ray, ou outra pessoa. Não sabia e não dava a mínima.

— Ei, Barry? — A voz era um eco do seu último pensamento, uma voz familiar, mas que ele não escutava havia muito tempo. — Você está dormindo?

Barry arregalou os olhos.

— O que você está fazendo aqui?

— Subi a escada de emergência — disse Ray —, atravessei o corredor e entrei. Passei por umas enfermeiras, mas nenhuma me parou.

— Deviam ter parado. Eu não posso receber visitas.

— Eu sei, eu sei. Provavelmente vão me expulsar daqui a pouco. Como você está?

Curioso, Barry estudou o rosto do garoto que estava ao pé de sua cama. Nos meses desde que o vira pela última vez, Ray havia mudado muito. Seus ombros e seu tórax pareciam mais largos, e, de algum modo, ele parecia mais velho. Estava bastante bronzeado, e a barba dava personalidade a um rosto que sempre tivera uma aparência inacabada – como um retrato em que o artista não conseguira decidir o que fazer com a boca e o queixo. Agora aquele rosto estava pronto e, por mais jovem que fosse, era o rosto de um homem.

Os olhos, firmes e diretos, abrandaram-se com compaixão.

— Estou ótimo — Barry falou sarcasticamente. — Eu estava mesmo precisando de umas férias. Como você está?

Ray deu a volta na cama e ficou ao lado de Barry, olhando-o de cima. *Que loucura*, pensou Barry. Ray nunca o olhara de cima antes. Era sempre ele quem olhava do alto. Ele conhecia de cor o cocuruto de Ray.

— Meu Deus, Barry, eu sinto muito — dizia Ray. — Cara, sinto muito mesmo. Que merda isso que aconteceu. Você está com muita dor?

— Não é a coisa mais gostosa do mundo. Por que você veio até aqui?

— Pra ver como você estava, em primeiro lugar. Todos os seus amigos estão ligando pra cá, mas o hospital não dá muitas informações. Falei com o seu pai ontem, e eu não queria ficar incomodando.

— O que ele te falou?

— Que o pior já tinha passado. Que você estava melhorando. Que já podia ver a família. Essas coisas.

— Ele falou alguma coisa sobre as minhas pernas? — Barry viu uma sombra passar pelos olhos verdes de Ray. Houve uma leve hesitação antes que Ray respondesse:

— Não.

— Mentira — Barry decretou.

— Não é mentira. Não conversamos muito. Ele disse que você ia ficar bem.

— Claro que disse.

Que ódio desse cara, pensou Barry. *Mentindo pra mim, me tratando como um coitado, só porque tem as duas pernas boas e pode dar meia-volta e ir embora na hora que quiser. Queria que alguém desse um tiro na barriga dele, pra ele saber como é ficar caído no escuro, gritar e não ter ninguém pra ouvir.* Em voz alta, ele disse:

— E como foi na Califórnia?

— Algumas coisas foram legais, outras nem tanto. — Ray parecia aliviado com a mudança de assunto. — Tive bastante tempo pra pensar. É diferente quando você está sozinho e não pode depender de mais ninguém. Você começa a depender só de você. Põe a cabeça no lugar e organiza as ideias. Entende o que estou dizendo?

— Que ideias? — perguntou Barry, desconfiado.

— Ah, o que é certo e errado, o que é responsabilidade, o que é importante. Esse tipo de coisa. Cara, o que estou tentando dizer...

— Eu sei o que você está tentando dizer — Barry interrompeu. — Você quer abrir o bico e me caguetar por causa do acidente. Não é isso?

— Não quero caguetar ninguém — disse Ray. — Eu só acho que a gente agiu sem pensar direito. Nós todos estávamos completamente abalados e tomamos uma decisão que não devíamos ter tomado, e agora eu acho que precisamos reconsiderar.

— Pode reconsiderar. Pode reconsiderar quanto quiser. Você não pode quebrar o pacto.

— A gente pode desfazer o pacto.

— Só se todos nós concordarmos, e eu não concordo.

— Barry, cara. — Ray se aproximou ainda mais da cama e baixou a voz. — Não é só uma questão moral, é pela nossa própria segurança. Alguém descobriu quem somos nós. Como, nós não sabemos, mas alguém conseguiu. E essa pessoa, quem quer que seja, meteu uma bala em você. Você teve sorte. Sobreviveu. Mas quem sabe se ela não vai tentar de novo quando você sair daqui?

— Quando eu sair daqui — disse Barry —, vou estar fora do alcance de qualquer retardado com uma arma na mão. Vou estar de cama, em casa, num quarto verde, "agradável, tranquilizante", com a minha mãe de guarda na porta.

— Então pense no resto de nós. Pense na Helen.

— Pense você na Helen, se quiser; eu, não. Aliás, se você a vir, pode falar pra ela parar de encher o saco dos meus pais com telefonemas. Mulher que nem ela existe às pencas, e eu tenho várias.

— Barry, escuta...

— Não, escuta você! — Barry falou ferozmente. — Alguém atirou em mim, é verdade, mas isso não significa que teve qualquer coisa a ver com o acidente. Isso é passado. Acabou. O tiro foi outra história.

— Como você sabe? Você viu quem atirou?

— Não, mas eu sei o motivo. Eu tinha cinquenta dólares na carteira quando saí de casa. Quando me trouxeram pra cá, eu não tinha mais nada.

— Você está dizendo que foi um roubo? — perguntou Ray, cético.

— Sim, foi um roubo. O que mais teria sido?

— Mas e o telefonema? Os jornais disseram que você recebeu uma ligação um pouco antes de sair. Uns caras da fraternidade ouviram você conversando com alguém, combinando de encontrar uma menina. O seu pai diz que foi a Helen. A Helen diz que não.

— Não foi a Helen. Falei isso pro meu pai porque era a coisa mais fácil de dizer. Eu não queria deixar as coisas mais confusas do que já estão. A menina com quem eu falei é um tesão. Já faz uma cara que estou saindo com ela, mas eu não queria que a Helen soubesse; ela ficaria arrasada.

— E essa menina te ligou e pediu pra você encontrar com ela no campo de atletismo? Por quê?

Não era lá que eu ia encontrar com ela. Eu estava só atravessando o campo porque era o caminho mais curto. Eu ia encontrar com ela no estádio. A gente ia ver os fogos e depois ia pra casa dela. Mas eu nunca cheguei. Que sorte a minha, não?

— Você jura? Jura que foi outra garota com quem você estava saindo?

— Juro, claro que eu juro. E você pode contar pra Helen se quiser. Ela precisa enxergar a realidade. Eu saio com várias garotas. A Helen é só uma delas.

— Então isso não teve nada a ver com o menino atropelado?

— É exatamente o que estou dizendo. São duas coisas diferentes. Se você me denunciar por causa do moleque, vai ser como me chutar quando estou na pior. Eu juro, Ray, se você fizer isso, nunca vou te perdoar. A gente fez um pacto.

— Ok — Ray falou calmamente. — Ok, fica tranquilo. Eu não queria te deixar nervoso.

— O que você esperava, despejando uma coisa dessas em cima de mim? — Barry estava nervoso. Sua cabeça latejava; o quarto inteiro começou a ficar fora de foco. — Cara, que tal você ir embora? Eu não devia receber visitas e não estou me sentindo muito bem.

— Certo. Desculpa. — Ray tocou o ombro de Barry. — Desculpa mesmo. Vê se melhora, tá?

— Tá bom.

Barry fechou os olhos, e o quarto continuou girando na escuridão de suas pálpebras.

Sai daqui!, ele gritou em sua mente. *Sai, sai, sai! Chispa daqui com as suas pernas boas, vai correr em volta do quarteirão, vai fazer qualquer coisa, seu Brutus, seu Judas, meu fiel e leal amigo, com suas novas ideias "organizadas" de "desfazer o pacto". Sai, me deixa em paz!*

Ele queria poder estar presente para ver a cara de Helen quando Ray contasse a história do telefonema. "Era uma garota", diria Ray. "Alguém com quem ele estava saindo havia algum tempo." Aquilo iria lhe dar uma lição. Helen saberia que não o fizera de palhaço. Ela estava se divertindo por aí? Ele também estava – e muito mais do que ela.

Poderia ser verdade. Poderia ter sido outra garota no telefone. Crystal às vezes ligava para ele, assim como outras meninas. Alguma delas poderia muito bem ter ligado naquela noite e pedido que ele a encontrasse no estádio.

Ou poderia ter sido Helen. Que era quem ele estava esperando. Fora por isso que a voz desconhecida o deixara tão desconcertado.

— Cox falando — ele dissera.

E a voz, grave e abafada, como se o interlocutor falasse por cima de uma camada de pano, respondera-lhe:

— Barry?

— Sim. Quem é?

— Um amigo. Um amigo que sabe de algo e precisa falar com você a respeito.

— A respeito do quê? — Mesmo então, Barry soubera que estava reagindo de um jeito estúpido, mas não conseguira pensar em mais nada para dizer. — Do que você está falando?

— Acho que você sabe. Algo que aconteceu no verão passado. — Houvera uma pausa. — O que você faria se eu dissesse que tenho uma foto?

— Uma foto do quê? — perguntara Barry, com um nó no estômago.

— A foto de um carro em movimento. E de uma bicicleta. Só uma parte da bicicleta. Você gostaria de ver?

— Não.

— Talvez existam outras pessoas interessadas em ver. — A voz era calma e séria. — Os pais do menino, por exemplo, Acho que eles gostariam de ver.

— Não tem como tirar uma foto boa de noite. — Barry mordera a isca. Imediatamente, ao perceber o que havia feito, irritara-se com a própria burrice. — Quem é você, afinal?

— Alguém que usa um filme especial — dissera a voz. — Um filme rápido que tira ótimas fotos com pouca luz, menos luz do que os faróis de um carro são capazes de emitir. Estou disposto a fazer um acordo com você. Eu gostaria de vender essa foto e o negativo. Ela não foi tirada com câmera digital, e eu não a escaneei, então isso colocaria um ponto--final no assunto. Não estou pedindo que você compre de olhos vendados. Estou ligando do campus. Posso te mostrar a foto.

— Aposto que pode. Não existe esse tipo de filme. — Barry não tinha muita certeza disso. Ele nunca tivera interesse por fotografia e não sabia quase nada a respeito. — Só acredito vendo.

— Então nos encontramos no campo de atletismo daqui a cinco minutos. Debaixo das arquibancadas.

— Por mim, tudo bem. É melhor você estar lá mesmo. — Após colocar o fone de volta no gancho, ele se virara para os dois rapazes: — É todo seu.

— Cara — um deles dissera —, se eu falasse desse jeito com a minha namorada, ela me daria um tiro!

Que engraçado, Barry pensou agora, *ele ter colocado as palavras dessa forma, tipo uma premonição.* Mantendo os olhos firmemente fechados, imaginou o ponto da cama sobre o qual se apoiavam seus pés.

— Estão aqui — dissera o médico. E estavam mesmo, pois ele vira a silhueta, como blocos de madeira, sob o lençol.

Que cara de pau que você é, Ray Bronson, Barry teve vontade de gritar. *Vir até aqui, tentar me ludibriar pra descobrir alguma coisa, fazer ameaças! Quer dizer que você veio pra ver como eu estava? Até parece! Você veio atrás de informações pra se safar. Mas as informações não foram o que você esperava, foram? Você não aprendeu a pensar sozinho na*

Califórnia? Então descubra as coisas por conta própria. Nem pense que eu vou te ajudar. Eu não devo nada a você.

Vocês que descubram as coisas por conta própria – você, Julie e Helen. Isso vai mantê-los ocupados. Eu? Tenho as enfermeiras gatas pra dar em cima, o penico pra ser trocado toda hora e as visitas da minha mãe. Isso vai me manter ocupado pelo resto da vida!

As palavras em sua mente se desfizeram num único e maciço grito, e as lágrimas finalmente caíram.

14

Ray soltou um longo suspiro de alívio ao passar pela porta de vidro do saguão do hospital e então foi inundado pelo caloroso sol da tarde.

Bem, é isso, pensou. *Eu estava todo preocupado, e não havia motivo nenhum pra me preocupar. O ataque a Barry foi um assalto, só um assalto. Não teve nada a ver comigo, com a Julie ou mesmo com a Helen. Não tem ninguém querendo mexer com nenhum de nós, pelo menos não fisicamente.*

O alívio era tão grande que Ray ficou até tonto. Conforme caminhava pela calçada, ele teve uma vontade maluca de abordar cada pessoa por quem passava e gritar: "Ei! Estamos bem! Está tudo bem!".

Ainda que, na verdade, não estivesse. Um medo a menos não significava que não havia com o que se preocupar. Existia uma pessoa que sabia – ou achava que sabia – do acidente do verão passado. Embora Barry tivesse acabado com o temor deles de que essa pessoa estivesse em busca de uma vingança física, deveria haver algum plano por trás dos bilhetes e dos recortes maliciosos. Nenhuma ameaça concreta fora feita, mas alguma coisa teria de acontecer em breve. Talvez fosse uma chantagem do tipo: "Pague tanto, ou vou contar tudo à polícia".

Se isso acontecer, pensou Ray, *posso ir eu mesmo à polícia. Por mim, tudo bem. Não vou dar nem um dólar pra me afundar ainda mais nessa encrenca. Se as coisas tivessem sido do meu jeito, eu teria ido direto à polícia. Se ao menos eu não tivesse deixado que me convencessem daquele maldito pacto, se eu tivesse dado ouvidos à Julie naquela noite, e não ao Barry...*

Mas estava feito. Aquela noite não podia ser revivida por nenhum deles. E nenhum deles podia ditar o que aconteceria a partir de agora. Elsa – se, como suspeitava Julie, fosse a pessoa por trás de tudo – faria isso. Quanto mais pensava no assunto, porém, mais difícil era para Ray imaginar Elsa como chantagista. Ela não tinha nenhuma sutileza. Ray tinha certeza de que, se Elsa tivesse algo para usar contra Helen, o faria sem pestanejar; o cérebro e a paciência necessários para esse tipo de jogo de gato e rato seriam surpreendentemente destoantes do seu caráter.

— Ray? Ei, você é o Ray Bronson, não é?

Ray foi subitamente tirado de seus pensamentos por uma voz às suas costas. Ele se virou e, por um instante, observou sem reconhecer o homem de cabelo escuro e corpo robusto que chamara o seu nome.

Então reconheceu.

— Ah, oi — falou. — Bud, não é?

— Isso. Achei que era você, mas não tive certeza. Eu te vi saindo do hospital. Estava visitando algum conhecido?

— Um amigo. Barry Cox. Julie deve ter mencionado.

— O cara que levou um tiro na Universidade? — O rapaz mais velho balançou a cabeça. — Que dureza. Como ele está? Já pode receber visitas?

— Não. Eu entrei escondido. Ele está bem, acho; tão bem quanto possível nessas circunstâncias.

Ray disse aquilo com esforço. A visão do corpo comprido e forte de Barry agora estendido e indefeso na cama do hospital o abalara. Ray tinha pouca experiência com hospitais. Só uma vez havia entrado em um, para visitar a mãe, hospitalizada para remover o apêndice. Aquilo fora diferente. A operação tinha sido um sucesso, a mãe estava sorrindo, e todos sabiam que ela estaria em casa dali a alguns dias, forte, saudável e pronta para se lançar de novo à plena alegria de viver.

No caso de Barry, não existia tal garantia.

— Paralisia — o sr. Cox dissera ao telefone, no dia anterior. — No momento ele está paralisado da cintura para baixo, mas pode ser uma condição temporária. Claro que ninguém falou nada disso a ele.

Mas ele sabe, Ray pensou. *Talvez não tenham falado pra ele, mas ele sabe.* A compreensão estava nos olhos de Barry, e o amargor em sua voz não era mais do que uma fina máscara a encobrir o medo.

Como que lendo a mente de Ray, Bud falou:

— Eu detesto hospitais. — Ele tinha apertado o passo para acompanhar Ray. — Estou indo para aquela Starbucks na esquina, vou comer alguma coisa. Está a fim?

— Bem... — Ray hesitou. Ele já tinha almoçado e não estava particularmente com fome. Ao mesmo tempo, precisava admitir a si mesmo uma dolorosa curiosidade a respeito do sujeito que parecia ter assumido o seu lugar na vida de Julie. Ela dissera que não estava apaixonada, mas tinha de haver algo no relacionamento para que continuasse a sair com Bud.

— Beleza. Um café vai cair bem.

Quando eles entraram na cafeteria, acharam-na praticamente deserta. Ray pediu um café com leite, Bud comprou um croissant, e os dois escolheram uma mesa. Enquanto esperava pela bebida, Ray dedicou-se a estudar o rosto do rapaz à sua frente. *O que Julie viu nele?*, perguntou-se. *Será que aquele rosto era a primeira coisa que surgia em sua mente quando ela acordava pela manhã? Será que aparecia em seus sonhos, à noite?*

Bud não era exatamente bonito, mas tinha um ar de despreocupada autoconfiança que uma garota como Julie poderia achar atraente. Seu corte de cabelo e sua barba bem aparada acentuavam os anos de diferença entre os dois. A mandíbula era forte, e ele possuía o olhar direto e determinado de um rapaz acostumado a escolher um rumo e nele permanecer.

Se esse cara decide que quer uma garota, pensou Ray, *ele não desiste até conseguir.* Essa observação foi mais do que ligeiramente perturbadora.

— Tem certeza de que não quer nada além de café? — Bud perguntou.

— Tenho. Essa visita ao hospital mexeu comigo. Barry era o meu melhor amigo na escola. Hoje em dia não somos tão próximos, mas mesmo assim... Ver o cara estendido numa cama daquele jeito...

— Imagino. Como falei, detesto hospitais. Só o cheiro já basta pra me dar pesadelos.

— Você já ficou em um?

— Fiquei. Depois do Iraque. — Bud não entrou em detalhes. — Qual é a relação da Julie com o seu amigo? Ela me disse que mandou uma flor para o hospital. Ela não está saindo com ele, está?

— De jeito nenhum! — disse Ray. — Ela nem gosta muito dele, na verdade. Nós costumávamos sair juntos, Julie e eu, Barry e uma garota chamada Helen Rivers. Mas aconteceu uma coisa e... Bem, não saímos mais juntos.

— Helen Rivers. — Bud repetiu o nome lentamente. — Soa familiar. Talvez Julie a tenha mencionado.

— Ou você a viu na TV. Ela trabalha em um canal local. — Ray decidiu fazer a pergunta que ocupava sua mente: — Você e Julie estão saindo bastante?

— Um pouco. Isso te incomoda?

— Sim — disse Ray ironicamente. — Mas ao que parece não há muito que eu possa fazer. Nós éramos namorados, e eu devo te avisar que vou fazer de tudo pra tê-la de volta.

— E você está fazendo isso agora? — Havia um traço de divertimento na voz de Bud. — Bem, você pode tentar, mas não é fácil retomar um relacionamento depois de tê-lo mandado pelo ralo. Se a Julie ainda é tão importante pra você, por que você a largou?

— Eu não a larguei. Eu precisava me afastar por um tempo pra pensar e entender como estava me sentindo em relação a algumas coisas.

— Pra mim, isso é escapismo — Bud falou secamente. — Você fugiu, simples assim.

— Sim — Ray admitiu. — Eu sei disso agora. Foi por isso que voltei.

— E você esperava encontrar tudo resolvido e de volta à normalidade?

— Não. Eu não esperava isso. — A conversa estava saindo de controle. Ray se ajeitou desconfortavelmente na cadeira. A última pessoa no mundo para a qual pretendia se abrir era o sujeito com quem competia por Julie. — O que eu e Julie tínhamos era algo bacana. Talvez eu consiga convencê-la a me dar uma nova chance. Talvez não. É ela quem vai decidir. Ela deve ter te falado que vai para uma faculdade na Costa Leste daqui a uns meses.

— E você pretende ir atrás dela?

— Bem que eu queria, mas não me candidatei a nenhuma das universidades de elite. De qualquer jeito, eu provavelmente não teria sido aceito. Vou ficar por aqui. Vou me matricular na Universidade.

— Já sabe o que vai estudar?

— Acho que sim. Tenho uma ideia, pelo menos. Acho que vou para a área de educação. Sempre fui bom em transmitir ideias. No colégio, dei aula particular ao time de futebol, para que eles tirassem notas altas e pudessem jogar. Meu pai não vai gostar muito, mas a essa altura ele já é capaz de encarar o fato de que o filho não será atleta profissional. Acho que ele prefere me ver como professor a me ver como frentista.

— Eu nunca teria imaginado que você gosta de crianças. Lecionar é... — Bud interrompeu o raciocínio. — O seu café está pronto.

Houve uma pausa na conversa enquanto Ray foi até o balcão para pegar a bebida. Ele pôs açúcar no café e o mexeu. Tinha a desconfortável sensação de que falara demais a alguém que, embora não fosse um inimigo, certamente não era um amigo. Tudo o que pretendia ao tomar um café com Bud Wilson era descobrir mais sobre o sujeito. No entanto, até agora, Ray não havia feito outra coisa a não ser falar de si mesmo.

Ao voltar para a mesa, ele tentou mudar o rumo da conversa:

— Você disse que passou um tempo no hospital. Foi por causa de algum ferimento de guerra?

— Prefiro não falar sobre isso.

Bud encerrou o assunto tão rapidamente quanto Ray o iniciara.

— Desculpe — disse Ray, sem jeito.

— Sem problemas. Eu só prefiro não falar sobre isso. A guerra é o inferno, Bronson. — Bud pegou o seu croissant e mordeu um pedaço. — Não me lembro de quem foi que falou isso. Foi alguém famoso. Alguém que enfrentou a guerra. Ele disse tudo bem claramente com essa simples frase. Já é ruim o bastante atirar nas pessoas enquanto elas atiram em você, mas assim é a vida de um soldado... Você diz a si mesmo que está lá pra isso, pra matar pessoas que querem te matar... O Exército te botou lá, e o bom e velho Tio Sam está por trás, então a coisa toda tem o Selo de Aprovação da Sociedade... O que realmente mexe com você são as crianças. Elas nem sabem por que estão lutando. Elas só estão no meio porque a coisa está acontecendo no lugar em que moram.

— Difícil — Ray falou inadequadamente. Houve um instante de silêncio. Ele deu um gole em seu café e se perguntou por que o tinha pedido; a ideia de consumir um copo inteiro da bebida quente era mais do que podia suportar. — Cara, eu preciso ir andando.

Bud pareceu surpreso.

— Mas a gente acabou de sentar.

— Eu sei — disse Ray. — Mas eu preciso dar um telefonema. Devia ter feito isso antes, mas esqueci totalmente.

— Se for pra Julie, esquece. Vou sair com ela hoje à noite. — Bud sorriu. Era a primeira vez que ele sorria desde que os dois haviam se sentado. — Vou fazer uma aposta com você, Bronson.

— O quê?

— Aposto que a Julie não vai para a Smith em setembro.

— Você está doido. Claro que ela vai. Ela está empolgada com isso. O que você acha que vai impedi-la?

— *Eu* vou — disse Bud cheio de confiança. — Ela ainda não sabe. Tem três longos meses pela frente até setembro.

— Você está maluco — Ray falou e se levantou. — A Julie não está pronta pra se prender a ninguém. Ela ainda nem fez dezoito anos. Ela não vai ficar nesta cidade nem por você, nem por mim, nem por ninguém.

— Veremos. — Bud ergueu a mão em um cumprimento amigável de despedida. — Foi bom conversar com você, Bronson. A gente se vê.

— Com certeza. A gente se vê.

Ray parou para deixar uma gorjeta no balcão e saiu para a calçada. Pegou o celular e digitou o número de Julie. O telefone chamou e chamou, até cair na caixa postal.

— Sou eu — ele falou e apertou o botão de desligar, sentindo uma raiva injustificável. Com quem Julie estaria falando a essa hora da tarde? Ela tinha acabado de deixar os colegas de escola; não teria motivo para telefonar para algum deles. Ou será que o telefone dela estava desligado? Por quê? Ray presumiu que ela estaria esperando ansiosamente que ele ligasse para contar sobre a conversa com Barry.

A reação de Ray não era racional, e ele sabia. Julie não tinha ideia de que ele tentaria visitar Barry hoje ou de que tentaria ligar para ela. Se Julie estava falando com alguém depois da escola, isso era problema dela, assim como era problema dela se estava saindo com alguém.

Menos com esse cara, Ray disse a si mesmo, desamparado. *Não quero que ela saia com ele.* A conversa com Bud mexera com Ray mais do que ele jamais teria esperado. Até agora pensava em Bud como uma espécie de tapa-buraco – um nerd cuja única função era preencher o tempo de Julie e dar a ela munição para usar quando a mãe enchesse o seu saco por não estar saindo com ninguém.

Agora, de uma hora para outra, ele passou a vê-lo de um jeito diferente. Bud era quieto, porém estava longe de ser desinteressante; tinha uma seriedade e uma intensidade que uma garota sensível como Julie poderia achar atraentes. De repente, nem mesmo a diferença de idade parecia ser um ponto a favor de Ray. Bud podia ter três ou quatro anos a mais, porém com certeza não era, sob nenhum aspecto, um tiozão. Ele demonstrava a confiança de um homem que sabia o que queria.

E, aparentemente, era Julie o que ele queria. *Bem, ele não vai conseguir*, Ray garantiu a si mesmo. *Não se depender de mim.*

Ray desceu a rua até o lugar onde havia estacionado o carro do pai. Entrou no veículo e deu a partida no motor. Estava tão perdido em seus próprios pensamentos que não percebeu que outro carro entrou na faixa atrás dele e o seguiu de perto até sua casa.

15

Helen tinha acabado de pisar na escada rumo à piscina, quando ouviu o som abafado do telefone em seu apartamento.

— Vai descendo — falou para Collie, que a acompanhava. — Pode ser alguma notícia do Barry.

Ela entrou no apartamento e alcançou o telefone no sexto toque.

— Ainda bem que você atendeu. Eu já ia desligar. — A voz de Ray soava fraca e distante. — Tenho boas notícias. Vi o Barry hoje à tarde, e ele falou que o motivo do tiro foi um assalto. Não teve nada a ver com o verão passado. Foi um maluco tentando arrumar dinheiro, apenas isso.

— Você viu o Barry! — A mente de Helen não foi além da frase inicial. — Como você conseguiu? Você não é parente!

— Nem disse que era. Subi pela escada de emergência, fora do horário de visita. Você entendeu o que acabei de dizer sobre o tiro?

— Entendi, claro. — Helen respondeu apertando o aparelho. — Como ele está, Ray? Ele chegou a falar de mim?

— Não conversei com ele por muito tempo. Ele não estava com a melhor das aparências, mas quem estaria um dia depois de ter uma bala retirada das costas? Ele estava bem lúcido e sabia o que estava falando.

— Você acha que eu consigo entrar também? Se eu fizer como você?

— Olha, Helen, eu não tentaria. — Havia um tom peculiar na voz de Ray. — Ele está bem pra baixo e não está exatamente a fim de receber visita, nem se os médicos permitirem. Espera ele melhorar.

— Mas se ele ficou contente em te ver... — começou Helen.

— Ele não ficou. E também não ficaria em ver você. Confia em mim, Helen. Eu sei do que estou falando. Ele está deprimido. Deixa o Barry sozinho por um tempo, tá?

— Tá, Ray. Obrigada por ligar. Você já contou à Julie?

— Ainda não consegui falar com ela. Mas estou tentando.

— Bem, obrigada de novo. É bom saber que nós três não precisamos nos preocupar em levar um tiro. — Ela desligou o telefone e soltou um suspiro que misturava alívio e frustração.

A ideia de que Barry talvez não quisesse vê-la era obviamente ridícula – ridícula demais para ser ao menos discutida. Se ele estava deprimido, então precisava vê-la mais do que nunca. Não faria sentido ir ao hospital durante a noite, quando os pais de Barry certamente estariam lá, mas essa seria a primeira coisa que ela faria pela manhã.

Quanto ao ataque contra Barry ter sido motivado por um assalto, bem, isso resolvia de uma vez por todas a questão de quebrar o pacto. Helen tinha consciência de que, enquanto vivesse, não perdoaria Ray por ter sugerido tal coisa. O simples fato de que ele considerara ir à polícia sem antes tirar isso a limpo com Barry mostrava quão pouco Ray honrava o acordo.

Já pensou se ele tivesse feito isso?, ela supôs agora. *Já pensou se ele tivesse feito isso sem antes falar com o Barry? Ele teria arruinado completamente a vida do Barry sem nenhuma razão.*

Ela havia jogado a toalha na cadeira que ficava sob o telefone de parede. Pegou-a e começou a caminhar em direção à porta. Saiu, hesitou por um instante e então fechou a porta, sem trancá-la.

— Acabou o terror — disse em voz alta.

Aquelas palavras soavam bem, e, ao dizê-las, ela subitamente percebeu que estivera assustada. Não o bastante para concordar em quebrar o pacto, mas assustada ainda assim. *Bem, essa parte acabou, graças a Deus,* pensou enquanto caminhava pelo alpendre e descia os degraus até a piscina.

Collie estava de pé ao lado de uma espreguiçadeira e batia papo com a mais bonita das duas professoras do apartamento duzentos e treze. Na verdade, era a garota quem falava. Ele estava apenas sendo educado e prestando atenção, mas seus olhos saltaram imediatamente para Helen quando ela surgiu na escada e não a abandonaram até ela se aproximar dos dois.

— Oi — disse ele. — Ligação importante?

— Era sobre o Barry. Um amigo dele conseguiu passar pela segurança. Ele ligou pra contar.

— Como está o pobre Barry? — perguntou a professora. Ela lançou a Collie um sorriso inocente. — Barry Cox é o namorado da Helen, e é um gato. Não admira que ela não tenha olhos pra mais ninguém, não é mesmo, Helen?

— Com certeza — Helen disse amigavelmente. — E ele está melhor, obrigada. Ele vai ficar bem.

— Ótima notícia. Vem! Aposto que chego do outro lado da piscina antes de você — Collie falou e mergulhou.

À beira da piscina, Helen observou-o nadar, as braçadas longas e fortes, como se o rapaz estivesse tentando liberar a energia de um acesso de raiva.

A professora levantou da cadeira e se aproximou de Helen.

— Você é muito gulosa — disse, e a risadinha que deveria ocultar o veneno da afirmação foi forçada. — Você não está jogando limpo.

Surpresa, Helen virou-se para ela.

— Do que você está falando?

— De quantos caras você precisa? Um para cada dia da semana? — A garota acenou com a cabeça para Collie, que já estava do outro lado da piscina. — Você já tem o seu adorado Barry. Deixa alguma coisa pro resto de nós!

— Ah, o Collie é só um amigo.

— E ele sabe disso?

— Claro! Foi ele quem me levou ao hospital na noite em que o Barry foi baleado. Ele sabe sobre mim e Barry.

— Não me interessa o que ele sabe — a moça falou bruscamente. — Desde que chegou, ele não tem olhos pra mais ninguém, só pra você. As outras meninas não conseguem nem conversar com ele. Ele é educado, mas seu olhar fica distante, como se sua mente estivesse num lugar totalmente diferente. Se você quer saber — ela riu de novo, dessa vez genuinamente —, o Barry já reagiu mais calorosamente a mim do que esse cara.

— O Barry é legal com todo mundo — Helen disse com frieza. Dando as costas à garota, ela mergulhou na piscina.

O choque da água fria fez com que começasse a se mexer freneticamente. Como havia feito Collie alguns minutos antes, Helen deu braçadas rápidas e fortes para liberar a raiva. Depois de um instante, se acalmou e se virou para olhar a garota, que retornava à espreguiçadeira.

Invejosa, pensou Helen, franzindo o nariz em repulsa. Ela aceitara havia muito tempo o fato de que não teria nenhuma amiga de verdade no Four Seasons. Isso não a deixava particularmente incomodada, já que nunca tivera muitas amigas. Mesmo no colégio, a única pessoa que realmente considerara uma amiga tinha sido Julie.

Mas tampouco essa fora uma amizade convencional, como a das outras garotas. A maior parte do tempo de Julie era ocupada com clubes, ensaios de líderes de torcida e outras atividades extracurriculares. O relacionamento de ambas não se devia tanto a suas personalidades, e sim ao fato de os meninos que namoravam serem amigos.

Ainda assim, havia sido para Julie que ela exibira o seu vestido de formatura – e fora para Julie que Elsa abrira o bico sobre ele ter sido comprado em um bazar de caridade. Julie fora delicada quanto a isso e, até onde Helen sabia, nunca mencionara o fato a ninguém. Era o tipo de revelação sobre a qual as garotas do Four Seasons teriam saltado como lobas famintas. Em sua imaginação, Helen era capaz de ouvir a fofoca correndo de apartamento em apartamento: "Você sabe onde é que a Helen Rivers compra os vestidos dela?".

Bem, ela não precisava mais se preocupar com esse tipo de coisa. Helen permitiu a si mesma um sorriso de satisfação. Que aquelas vadiazinhas falassem mal dela, se era inveja o que as motivava. Ninguém se importa em ser considerado bonito demais, bem-sucedido demais ou sortudo demais. Se era de coisas assim que elas iriam falar mal, que falassem. Não importava o que dissessem, sentiam prazer no fato de que a Futura Estrela do Canal Cinco morava no apartamento ao lado e derramava um pouco do próprio glamour em suas vidas entediantes. Ninguém podia olhar para o modo como ela se vestia agora e dizer qualquer coisa sobre idas ao bazar de caridade.

A mudança para o apartamento havia sido o acontecimento mais grandioso de sua vida. Até mesmo Elsa tinha ficado impressionada e deixado isso transparecer.

— E se a gente fosse morar juntas? — ela sugerira num raro momento de afabilidade fraterna. — Eu posso pagar parte do aluguel, e a gente se reveza pra cozinhar e coisas do tipo.

A sugestão fora tão absurda que, por um momento, Helen ficara atônita demais para responder.

— Ah, não! — ela dissera enfim. E então, vendo o rosto preocupado da mãe emoldurado pelo batente da porta da cozinha, rapidamente acrescentara: — Eu vou alugar um apartamento de um quarto. Vou trabalhar em horários bizarros e vou precisar dormir de manhã. Além disso, nós não podemos sair de casa ao mesmo tempo. Não teria ninguém aqui pra ajudar a mamãe com as crianças.

— Não se preocupe, Elsa — a mãe falara, entrando no quarto e colocando um braço em volta dos ombros rechonchudos da primogênita. — A Helen vai continuar na cidade. Ela pode nos visitar sempre que quiser. E a sua hora também vai chegar. Todos os passarinhos deixam o ninho.

A inveja que reluzira nos olhos da irmã enchera Helen com um sentimento de satisfação e culpa.

— De qualquer jeito, você não ia conseguir pagar, Elsa — ela dissera. — Vou alugar um apartamento no Four Seasons, e o aluguel é estratosférico.

E foi o que fiz, Helen pensou agora, começando a dar lentas braçadas de costas. *Estou aqui, exatamente onde disse que estaria.*

O Four Seasons tinha sido o primeiro condomínio que ela visitara; no instante em que pusera os olhos no lugar – que brilhava como se fosse um País das Maravilhas especial, com sua piscina, seus canteiros de flores coloridas, suas varandas de madeira e seu grupo de jovens solteiros e endinheirados –, Helen compreendera que era a realização dos seus sonhos.

— O Barry vai adorar — dissera a si mesma, com razão. A expressão incrédula no rosto dele quando ela lhe apresentara o interior azul e lavanda do apartamento fora suficiente para afastar quaisquer sombras lançadas pelos cruéis comentários de Elsa.

— Então é assim que vive uma Futura Estrela! — Barry falara, e, embora a observação tivesse sido feita em parte para provocá-la, havia uma expressão de renovado interesse nos olhos dele. Helen Rivers podia até não vir de uma família rica ou não ter muito estudo, mas certamente não era uma ninguém.

Ela nadou calmamente até a beira da piscina, onde Collie a esperava. Ele estava sentado na borda, pingando, o cabelo castanho emplastrado na testa.

— Definitivamente, você é a nadadora mais preguiçosa que eu já vi.

— Bem, a piscina é comprida.

Helen sorriu para ele, plenamente consciente de que o cabelo molhado era uma bela moldura para o próprio rosto.

Também tinha consciência de como ficava no minúsculo biquíni azul – melhor do que a professora, e muito melhor do que qualquer outra garota do prédio. Claro, ela era namorada de Barry, isso era fato. Mas não havia nenhum mal em ser admirada por outra pessoa.

— Você vai ter de assistir ao noticiário hoje — disse ela —, pra ver se eu consegui secar o meu cabelo.

— Não vou ver TV hoje. — Os olhos escuros de Collie observavam-na sem divertimento. Ele não fez menção de alcançá-la e erguê-la à borda. — Eu tenho um compromisso.

— Vai fazer o quê?

— Tenho um encontro.

— Tem? — Ela não conseguiu evitar o tom de surpresa. — Como assim? Achei que você não estivesse saindo com ninguém.

— Você achou que eu ia ficar sofrendo com dor de cotovelo enquanto você chorava pelo seu queridinho ferido? — As palavras eram de brincadeira, mas algo no tom em que foram ditas, não.

— Não, claro que não. — Helen sentiu que estava corando de vergonha. Não havia sido exatamente aquilo que ela pensara? — Eu não sabia que já tinha conhecido alguém, foi o que quis dizer. Afinal, você se mudou pra cá há menos de uma semana.

— Existem outras mulheres fora do Four Seasons. Eu já conhecia essa garota com quem vou sair hoje antes de conhecer você.

— Ah — disse Helen, desajeitada. — Não sabia.

— Tem muita coisa que você não sabe — Collie falou baixo. — Você não sabe o que eu faço quando não estou com você, ou de onde eu vim, ou quais são os meus interesses, ou o que eu penso, ou os cursos que eu planejo fazer no verão. Você não sabe onde eu trabalhei, ou o meu estilo de vida, ou as pessoas que são importantes pra mim. Você não se interessou a ponto de perguntar. Desde o dia em que a gente se conheceu, só falamos de você. E, claro, do seu maravilhoso Barry.

— Acho que você tem razão. — A voz de Helen estava fraca. — Mas você não precisa fazer com que eu pareça tão... tão egocêntrica.

— É você quem está dizendo, não eu.

Não havia nenhum sinal de riso no rosto dele. De repente, Helen percebeu que quase nunca o vira sorrir. O rosto de Collie era sombrio e solene, um rosto que havia passado por muitos lugares e visto muitas coisas, algumas não muito agradáveis, talvez.

— Você é linda — ele disse. — Isso, eu admito. Mas existem muitas pessoas no mundo além de você. Experimente olhar pra elas algum dia. Algumas são interessantes. — Collie estendeu a mão e tocou o queixo dela com o indicador, forte, enérgico. — Eu sou interessante. Olhe pra mim de vez em quando. Faça perguntas. Escute as minhas respostas. Talvez você descubra que tenho algumas coisas a dizer que você se interessaria em ouvir. Pode ser que, num futuro próximo, eu ocupe um lugar mais importante na sua vida do que você imagina agora. — Então, sem esperar uma resposta, ele se pôs de pé. — Até mais — falou alto o bastante para que sua voz chegasse ao outro lado da piscina. — Vou me arrumar pro meu encontro. Ela é uma ruivinha linda. Não posso me atrasar!

Eu não acredito, pensou Helen. *Simplesmente não acredito!*

Por um instante, ela permaneceu ali, perplexa, segurando-se na borda da piscina, tão atônita como se um cachorrinho houvesse subitamente fincado os dentes em seu pulso.

Mas o Collie, pensou. *Meu amigo Collie! Como ele é capaz de dizer essas coisas?*

Então ela ouviu as risadas e se virou para constatar que a professora tinha a companhia de sua colega de apartamento agora. A despedida de Collie certamente fora ouvida, e as duas estavam adorando aquilo.

Lentamente, a perplexidade de Helen começou a dar lugar a uma onda crescente de raiva. *Ele fez de propósito,* pensou. *Ele estava querendo me envergonhar. Ora, mas que... que canalha!*

"É você quem está dizendo, não eu." As palavras retornaram à sua memória, e ela cerrou os dentes, furiosa. Era só o que podia fazer para não sair da piscina, disparar escada acima e detê-lo no alpendre.

Não podia fazer isso. Pareceria que o estava perseguindo. Seria obrigada a nadar por um tempo, ficar na beira da piscina por um tempo, bater papo com as pessoas como se Collie Wilson não tivesse a menor importância para ela. E não tinha, claro.

Mas quem era a menina que ele tinha conhecido antes dela? E quão bem a conhecia?

16

A sra. James colocou o último prato na lavadora e serviu-se de uma última xícara de café para tomar na sala de estar.

Fazia uma noite muito agradável. As janelas estavam abertas para a brisa, e a primavera se derramava na casa com a doçura leve dos primeiros jacintos e o cri-cri escasso de um grilo adiantado.

Que lindo!, pensou a sra. James, acomodando-se no sofá e colocando a xícara na mesa de centro à sua frente. *A noite está perfeita. As coisas foram bem na escola hoje, Julie foi aceita na Smith. Eu deveria estar flutuando de felicidade. Então por que me sinto tão estranha?*

Mas ela se sentia. Era uma sensação esquisita, irritante, em sua nuca.

Alguma coisa vai acontecer. Não sei o que nem como sei disso, mas há algo no ar. Algo de ruim vai acontecer, e não tem nada que eu possa fazer para impedir.

Não era a primeira vez que tinha tal sensação. Premonições a tinham surpreendido ao longo de toda a sua vida adulta. Na primeira vez em que isso acontecera, Julie tinha apenas oito anos. Era de manhã, uma manhã agradável e normal; a luz do sol banhava de dourado o quintal, e os pássaros piavam no olmo. Ajoelhada na grama, a sra. James podava a roseira, quando, de repente, contraíra-se com a sensação de que algo estava errado.

Talvez, pensara, eu tenha deixado uma boca do fogão acesa ou esquecido um compromisso. Será que me esqueci de retornar algum telefonema? Ou de responder a algum convite? O que pode ser?

Censurando-se por sua tolice, ela ainda assim entrara em casa para conferir o fogão e a agenda, e então o telefone tocara. Era uma ligação da escola para informar que Julie havia caído no playground e quebrado o braço.

A ocasião seguinte em que experimentara aquela sensação ocorrera um ano depois. Dessa vez tinha sido tão forte, tão aguda, que fora quase uma dor física.

— O que é isso? — ela gritara. E não ficara surpresa quando, pouco tempo depois, uma viatura da polícia parara em frente à sua casa. Ela tinha ido até a porta e ali esperara os dois policiais uniformizados cruzar o gramado.

— Sra. James? — dissera um deles. — Tenho más notícias, senhora. Houve um acidente. O carro do seu marido...

— Sim — ela falara apaticamente. — Sim, eu sei. — E entrara para pegar a bolsa e não vira a perplexidade no olhar dos homens.

Nos anos que se passaram desde a morte do marido, os pressentimentos não voltaram a ocorrer com a mesma intensidade. Mas ocorreram ocasionalmente e quase sempre anunciaram algum problema.

Uma vez o interruptor sofrera um curto-circuito, e a cozinha pegara fogo. Ela estava em uma reunião de pais, na escola, e telefonara para Julie, na casa de uma amiga.

— Você pode voltar correndo pra casa e conferir se está tudo bem, querida? Estou com um daqueles pressentimentos — a sra. James dissera.

Julie chegara em casa a tempo de ligar para os bombeiros, e os danos ao imóvel foram pequenos.

Não que os pressentimentos fossem infalíveis e pudessem ser considerados verdades absolutas. No último verão, por exemplo, houvera um episódio em que ela poderia jurar ter sentido que algo terrível se aproximava. Nessa época Julie estava saindo muito com Ray, e, durante algum tempo, a sra. James se perguntara se era isso, se o sentimento que aqueles jovens nutriam um pelo outro estava se tornando forte demais, a ponto de criar um problema. Por mais que gostasse de Ray, tinha consciência da imaturidade dele e, além disso, queria que Julie terminasse o colégio e, depois, se tudo desse certo, fosse para a faculdade. Para ela, a ideia de uma gravidez ou de um casamento prematuro era difícil de aceitar.

Nesse caso, entretanto, o problema não se materializara. Houvera uma longa noite em que ela ficara acordada na cama, contando os minutos, esperando que Julie e os amigos voltassem de um piquenique nas montanhas. Naquela noite, ela sabia que alguma coisa iria acontecer. Como se sentira boba mais tarde, quando, por volta da meia-noite, Julie retornara em segurança para casa. Pouco tempo depois, ela e Ray pararam de se ver, e Ray fora embora para a Costa Oeste.

Desde então a sra. James carregava uma sensação estranha, perturbadora, em relação a Julie, porém não era causada por nada que fosse capaz de apontar. A filha parecia diferente – mais quieta, mais estudiosa. A vida social dela havia se reduzido a quase nada, mas isso poderia ser simplesmente porque Ray fora embora.

— Ela está crescendo — a sra. James dizia a si mesma. — Não há nada de errado. Ela simplesmente deixou de ser uma menininha despreocupada e se transformou em uma moça mais compenetrada.

A sra. James não sabia se era totalmente a favor dessa mudança. Era divertido viver com a antiga e descontraída Julie. Porém, ela lembrava a si mesma, mãe nenhuma gosta de ver os filhos crescerem.

Neste mês, no entanto, havia algo além. Uma inquietação cada vez maior. Um nervosismo dentro dela. Ela não conseguia apontar o motivo.

Tem alguma coisa errada, pensara.

Com frequência cada vez maior nos dias em que trabalhava como substituta e precisava ficar na escola até depois do horário para fazer relatórios para o professor regular, a sra. James ligava para casa a fim de conferir se Julie tinha voltado sã e salva do colégio e, caso a filha não atendesse, verificava se ela havia ligado para o seu celular. Havia interrompido as próprias atividades noturnas, as reuniões, as peças de teatro e o carteado com as amigas. Tinha a sensação de que devia ficar em casa.

— Só por precaução — dizia a si mesma, tentando rir. Precaução contra o quê, ela não sabia.

Mas, nessa noite, ela sabia. Nessa noite, havia um motivo. Durante o dia, não conseguira tirar da cabeça a imagem de Julie na noite anterior, na cozinha, olhando para ela com olhos suplicantes. Suplicando o quê? O que ela queria? Do que precisava?

— Mãe — a filha dissera. — Mãe, eu te amo muito.

Quanto tempo, quantos anos fazia desde a última vez em que ela deixara escapar algo assim? Parecera que estava implorando por alguma coisa, pedindo ajuda.

Era como se dissesse: "Mãe, eu preciso de você!". Isso estava em sua voz, ainda que não em suas palavras.

Tem algo errado, pensou agora a sra. James, observando a xícara de café intocada na mesa à frente. *Se eu soubesse o que é, poderia fazer alguma coisa, mas não sei. Nem imagino o que seja.*

No quarto, Julie se vestia para seu encontro com Bud. O som do CD player escorreu escada abaixo, e a música pingou na sala de estar, misturando-se aos aromas e sons da primavera.

Era uma bela noite e, como percebeu a sra. James com uma apreensão cada vez maior, era uma noite em que algo terrível aconteceria com alguém.

O sr. Rivers inclinou sua cadeira contra a parede da cozinha e perguntou:

— Tem mais batata?

— Claro que tem. Se tem uma coisa que nunca falta nesta casa é batata.

A esposa enxugou a mão na testa e abriu o forno para pegar a travessa.

— Elsa, nada de atacar. Seu pai precisa comer, e você não precisa repetir.

— Você quer que eu fique igual à Helen, é isso? — disse Elsa, irritada. — Bem, pode esquecer. Não vou morrer de fome que nem ela, esperando que algum canal de TV me ofereça um contrato.

— A Helen tem força de vontade — falou o sr. Rivers, servindo-se de mais molho. — Por isso ela chegou aonde queria chegar.

— E ela não está nem aí pras pessoas sobre quem passou por cima pra chegar lá.

A sra. Rivers se afastou do forno. Ela era uma mulher magra, de rosto pálido, que, por um breve período na adolescência, fora razoavelmente bonita. Desde então, a chegada de um bebê após outro, o trabalho doméstico, a pouca saúde e o peso constante dos problemas financeiros tinham se somado para lhe conferir uma aparência de exaustão permanente. Os olhos violeta – seu presente para a segunda filha – pareciam estranhamente fora de lugar no rosto chupado.

— Não gosto de ouvir você falando desse jeito, Elsa — disse ela. — Parece que está com inveja da felicidade da sua irmã.

— Bem, eu não vejo por que ela merece essa vida — Elsa falou, um tanto sentida. — Não é justo que ela tenha tudo: beleza, um bom emprego, todo esse dinheiro. O que foi que ela fez pra merecer isso, me fala? A Helen nunca pensou em ninguém além dela mesma.

— Ela ajuda aqui em casa — lembrou o pai. -- Ela manda um cheque todo mês.

— Não tanto quanto poderia. Não tanto que ela não possa continuar comprando tudo o que quer. Helen é egoísta, pai, e você sabe, mas nunca vai admitir. Ela sempre foi a sua preferida.

— O seu pai não tem filhos favoritos — disse a sra. Rivers —, nem eu. Nós amamos todos vocês do mesmo jeito e ficamos felizes por qualquer coisa de bom que aconteça com qualquer um. Você vai ter a sua chance, Elsa. A sua sorte vai mudar. Você vai conhecer um bom rapaz.

— Que nem o Barry Cox?

— Talvez. Quem sabe?

— *Eu* sei — Elsa falou com amargura. — Nunca vai ser alguém bonito e rico como ele. Vai ser um zé-ninguém, e vou me casar com ele porque ninguém mais vai me querer, e nós vamos morar numa casa igual a esta e ter um milhão de filhos, igual a vocês. E vamos viver à base de purê de batata.

— Falando em filhos — o pai a cortou —, dê uma olhada nos pequenos, sim? Pelo barulho, eles estão destruindo a sala.

— Ainda bem que o namorado da Helen se machucou. Talvez isso mostre pra ela que nem tudo pode ser perfeito.

Elsa se levantou e saiu do cômodo. Sua voz flutuou até os pais:

— O que vocês acham que estão fazendo? Tirem esses caminhões do sofá!

A mãe sacudiu a cabeça.

— Onde foi que erramos?

— Não erramos em lugar nenhum — disse o sr. Rivers. — Fizemos o melhor que podíamos, considerando tudo. Como você falou, Elsa vai ter uma vida se correr atrás dela em vez de ficar usando a irmã como desculpa pra não fazer isso.

— Mas ela tem razão numa coisa — a sra. Rivers disse em voz baixa —, a Helen é egoísta. E ela parece ter tudo mesmo.

— Não, não tem — o marido falou em voz baixa. — Longe disso. Quando ela encontrar alguém que a ame, então talvez tenha tudo. Mas, se ela não mudar, isso vai demorar um bocado. Primeiro ela precisa aprender a pensar em outra pessoa além dela mesma.

— Mas ela é tão bonita... — a sra. Rivers objetou. — Não tem um homem neste mundo que não fosse querer a Helen. Veja esse tal de Cox!

— Não falei "querer" — o sr. Rivers disse com ternura. — Falei "amar". E, quanto à beleza dela — ele se levantou da cadeira e pôs as mãos sobre os ombros curvados da esposa —, vou te dizer uma coisa, meu amor: a Helen pode ser mais bonita do que algumas garotas, mas nunca vai chegar aos pés da mãe.

— Você acha que ele sabe? — perguntou a sra. Cox, nervosa. — Será que o Barry faz ideia de que nunca mais voltará a andar?

— Por que você está dizendo uma coisa dessas? — o sr. Cox indagou. — O médico falou que não é definitivo. Ainda há esperança.

— Mas ele disse que, se passasse uma semana e não houvesse sinal de movimento nas pernas dele...

— Não passou uma semana. Ainda estamos no fim do segundo dia.

Eles haviam acabado de sair do elevador e entrado no corredor da ala hospitalar. O horário noturno de visita começara, e, em pequenos grupos, amigos e parentes dos pacientes, muitos carregados de livros e flores, passavam apressadamente pelo casal.

O sr. Cox virou-se para fitar a esposa com certo desespero.

— Às vezes, Celia, eu quase penso que você quer esse destino para o Barry. Você se satisfaz tanto em tê-lo firmemente preso à sua rédea que não se importa nem mesmo com o fato de que ele pode ficar preso a uma cadeira de rodas.

— Que coisa mais horrível de dizer! — A sra. Cox ficou sinceramente chocada. — É claro que me importo! O que aconteceu com o Barry foi horrível. Ainda assim, eu não me ressinto de um minuto sequer do tempo que passarei cuidando dele. Ele é o meu filho, o meu bebê. Eu farei tudo o que puder para tornar a vida dele agradável quando ele voltar para casa.

— Celia, encare os fatos — o sr. Cox disse em voz baixa. — Você fez de tudo pra controlar a vida do garoto desde o dia em que ele nasceu. Você não suporta a ideia de que alguma parte da vida dele, qualquer parte, não te inclua. Não surpreende que ele tenha começado a se rebelar no último ano da escola, saindo com uma menina que você não aprovava, começando a fumar maconha e dirigindo feito um maluco. Todo garoto precisa de um pouco de espaço para se tornar homem.

— Ele teve todo o espaço que podia querer — a sra. Cox falou com raiva. — Ele está na faculdade, mora em uma casa de fraternidade...

— O Barry está nessa Universidade porque você não queria que ele saísse da cidade. E, quanto à casa da fraternidade, você cedeu nesse ponto para evitar que ele alugasse um apartamento em outro lugar.

— Se você está me acusando de não amar o Barry...

— Não a estou acusando disso. — Em um gesto não costumeiro, o sr. Cox colocou as duas mãos da esposa nas suas. — Também não estou dizendo que a culpa é toda sua. Se eu tivesse passado mais tempo em casa, se eu não tivesse me envolvido tanto com o trabalho, você não teria precisado fazer do Barry o centro da sua vida. O que estou dizendo é que nós temos de enfrentar a situação e tomar uma atitude. Quando o Barry sair do hospital, ele ficará em casa conosco, sim. Mas não para sempre. Se o pior acontecer, se o nosso filho nunca mais andar, ele não vai passar o resto da vida conosco.

— O que você está dizendo? — ela arquejou. — Como pode sugerir que a gente simplesmente jogue nosso filho aleijado na rua?!

— Você sabe perfeitamente que não foi isso que eu quis dizer. Só porque um homem não consegue andar não significa que ele esteja destinado a ser um inválido. O Barry pode continuar os estudos, se formar e arranjar um trabalho que possa ser realizado em uma mesa. Ele pode dirigir um carro adaptado. Pode se sustentar, morar onde quiser, viajar sem a gente. O que estou dizendo é que vamos dar a ele uma chance de crescer, de se tornar adulto.

Soltando as mãos dela, ele se virou abruptamente e seguiu pelo corredor. Após um momento de sobressalto, a sra. Cox se apressou para alcançá-lo.

— Mas aquela garota! — ela exclamou. — Aquela tal de Rivers... O que nós vamos fazer a respeito dela? No estado de fragilidade em que Barry se encontra, alguém precisa protegê-lo de oportunistas. E se ele decidir...

— Senhor e senhora Cox? — Conforme eles se aproximavam do quarto de Barry, o médico de cabelo branco saía do cômodo. Ele fechou a porta atrás de si. — Tenho boas notícias. — O rosto enrugado do homem parecia inexplicavelmente mais jovem do que pela manhã. — O seu filho acabou de mexer o pé esquerdo.

— Ele mexeu? — O sr. Cox parou tão subitamente que sua esposa trombou em suas costas. — Ele mexeu o pé? Então isso significa...

— Isso significa que estamos no caminho certo — o médico falou calorosamente. — Será preciso bastante tempo, claro, e fisioterapia, e eu não posso garantir que ele voltará ao campo de futebol num futuro próximo. Mas, se o Barry consegue mexer o pé, vai conseguir mexer as pernas. E, se conseguir isso, ele vai andar.

— Graças a Deus! — O sr. Cox soltou um longo suspiro de alívio. — Você ouviu isso, Celia?

— Ouvi — ela disse em voz baixa. — Que maravilha! — A sra. Cox esticou a mão para a maçaneta da porta fechada. — Ah, não posso esperar pra vê-lo!

— Temo que a senhora será obrigada — disse o médico. — Barry pediu para não receber visitas por um tempo.

— Mas nós não somos visitas! — ela objetou. — Somos os pais dele!

— Ele pediu o aparelho de telefone — disse o médico — e está fazendo uma ligação. É estranho o modo como esses abalos emocionais afetam as pessoas. A primeira coisa que ele falou quando percebeu a importância do que estava acontecendo, quando viu o pé se mexer debaixo do lençol, foi: "Eu fiz uma coisa terrível".

— Uma coisa terrível? — repetiu a sra. Cox. — Ora, o Barry nunca fez mal a ninguém. Do que será que ele estava falando?

— Ele disse que mentiu para alguém. Foi tudo bem confuso. A senhora sabe, ele está sedado e um pouco grogue ainda. Ele disse que tinha mentido para alguém e precisava consertar isso antes que fosse tarde demais.

— Não estou entendendo — disse o sr. Cox, franzindo o cenho. — Ele não viu ninguém além de nós desde o acidente. Pra quem ele poderia ter mentido? E sobre o quê? É melhor você me deixar conversar com ele.

— Sinto muito — o médico falou com firmeza —, mas ele está fazendo uma ligação e foi bem enfático ao solicitar privacidade.

O telefone começou a tocar no apartamento de Helen. Tocou doze vezes antes de parar.

O homem sentado na poltrona cor de lavanda permaneceu imóvel até que o toque cessasse. Então flexionou as mãos fortes e as pousou nos joelhos. Havia uma mancha de tinta amarela no dorso de uma delas.

Ele entrara com facilidade, pois a porta que dava para o alpendre não estava trancada. Agora não tinha nada a fazer senão esperar.

17

Helen ouviu o telefone tocando conforme subia os degraus e apressou-se para chegar ao apartamento. Ela havia ficado na piscina muito mais tempo do que pretendera.

A súbita partida de Collie fora notada não apenas pelas professoras, mas também por todo mundo que se encontrava por perto. Então, engolindo a raiva, Helen ficara nadando de um lado a outro por mais tempo e depois saíra da água para se juntar ao grupo cada vez maior de jovens que se reuniram em torno da piscina para relaxar depois do trabalho. Ela aceitara uma cerveja – algo que raramente se permitia – do advogado do apartamento cento e sete, e sua risada e sua conversa, de tão vivazes, logo a fizeram ficar rodeada de admiradores. Mesmo depois de as professoras terem desistido e retornado ao apartamento para jantar, Helen permanecera ali, bebericando, batendo papo, vendo a noite chegar.

Quando as luzes em torno da piscina foram acesas, ela dera uma olhada no relógio do advogado.

— Preciso me trocar — dissera — e ir para o estúdio.

— Se trocar pra quê? — Brincara o advogado. — Você ia fazer o maior sucesso do jeito que está!

Rindo, Helen se pusera de pé, jogara a lata vazia no colo do rapaz e dera a volta na piscina para subir a escada. Ela ouviu o som abafado do telefone ao chegar ao segundo andar e apertou o passo. A porta do apartamento estava destrancada, portanto não a deteve. Ainda assim, no instante em que sua mão tocou o telefone, ele parou de tocar.

— Isso já está virando um hábito — Helen disse em voz alta. — Bem, talvez a pessoa ligue de novo. Ou então era a Elsa, e eu tive sorte de não atender.

— Você costuma deixar a porta aberta? — perguntou uma voz.

A voz, tão inesperada, era como uma mão fria em seu pescoço. Em pânico, Helen virou-se e, com um suspiro de alívio, sentiu toda a defesa esvair-se ao distinguir o homem na poltrona.

— Ah, Collie! Você quase me matou de susto. O que está fazendo aqui?

— Esperando você. — Ele já não vestia o calção; estava bem arrumado, de calça e camisa polo. Seu cabelo, ainda molhado da piscina, caía sobre a testa. — Você demorou pra subir. Achei que tivesse acontecido alguma coisa.

— Eu estava me divertindo — Helen provocou. Ela atravessou a sala e acendeu a luz que ficava na ponta mais distante do sofá. — Pensei que você tivesse um encontro hoje à noite. Desistiu?

— Tenho tempo de sobra. Meu encontro é só às oito. Achei que seria melhor explicar com quem é o meu encontro e o que eu vou fazer.

— Você não precisa fazer isso. Nós não temos nada. Você é livre pra sair com quem quiser.

— Verdade — disse Collie. Ele se levantou e empurrou a poltrona de modo a bloquear a porta. — Senta, Helen. Naquele sofá. Agora, o meu encontro...

— Já falei que não importa.

— Não me interrompa. Eu sei o que você falou. A questão é que vou fazer algo interessante com a menina com quem vou sair. Eu vou matá-la.

— Você... Você vai fazer o quê? — Ela sabia que não podia tê-lo ouvido direito, porém as palavras foram perfeitamente claras. Helen o encarou sem expressão. — Você está brincando, e eu não estou achando engraçado.

— Não é nem um pouco engraçado. — O rosto de Collie era rígido, inexpressivo. — Matar pessoas nunca é engraçado, não importa se você faz isso com uma arma, com uma granada, com uma bomba ou com as próprias mãos. Se você atropela alguém, uma criancinha de bicicleta que está voltando para os braços da mãe, isso também não é engraçado. Não para a criança. Nem para a família.

— M-mas... Como você sabe? Quem te contou? — A pergunta se prendeu à sua língua e ameaçou deixá-la sem ar.

— Ninguém me contou. Eu precisei investigar muito pra descobrir. Eu não soube quando Danny foi morto. Não me acharam pra dar a notícia. Eu estava no Iraque, esperando para ser trazido a um hospital. Quando descobri, tudo já havia acabado; o funeral, tudo. Não cheguei a tempo.

— Quem é você? — Helen sussurrou. — Quem diabos é você?

— Você sabe quem eu sou. Collingsworth Wilson. A minha mãe é casada com um homem chamado Michael Gregg. Danny Gregg era meu meio-irmão.

— Seu meio-irmão! — repetiu Helen, tremendo. — Ah, meu Deus!

Collie pareceu não ouvir o que ela dizia. Seus olhos estavam turvados pelas lembranças.

— Tudo o que eu consegui saber quando finalmente voltei pra casa foi aquilo que os meus pais puderam me dizer. Eles disseram que foi um atropelamento seguido de fuga e que a pessoa que ligou para a polícia parecia ser um adolescente. Ele disse "a gente atropelou um garoto", então havia mais de uma pessoa no carro. Tinha muita gente no funeral, meu padrasto falou. Ele me mostrou todos os cartões e todas as cartas de condolências. Falou que havia uma coroa de rosas amarelas que não tinha cartão. Era da People's Flower Shoppe.

"Fui até a floricultura e falei com a vendedora. Ela se lembrava das rosas. Disse que tinha ficado com aquilo na cabeça porque era muito estranho uma garota tão nova gastar tanto dinheiro com flores e nem sequer colocar o nome no cartão. A garota era ruiva e usava um pingente de megafone de líder de torcida no pescoço."

— Julie — murmurou Helen. Ela sabia que deveria estar correndo, gritando, fazendo qualquer coisa, mas estava estarrecida demais para se mover. Os músculos da sua garganta não funcionavam. Foi só a boca que formou o nome "Julie".

— Eu demorei pra encontrá-la. Primeiro, fui a vários colégios durante os jogos de basquete, mas não havia nenhuma líder ruiva. Então, comecei a perguntar sobre as animadoras do ano passado. Conversei com uns caras nas arquibancadas, e logo um deles falou de uma linda ruiva que tinha deixado a equipe. Ela simplesmente havia perdido o interesse; tinha ficado toda intelectual e largado tudo. Nem namorava mais.

— Mas você não tinha como saber — disse Helen. — Não tinha como ter certeza.

— Eu não tinha no começo, mas uma ideia me passou pela cabeça. Decidi mandar um bilhete pelo correio, algo que mexeria com ela se fosse a pessoa certa, mas que não significaria nada se não fosse. Ela mordeu a isca; ah, se mordeu... Naquela mesma tarde ela correu pra cá, assim como o amigo de vocês, Barry. Foi assim que fiquei sabendo sobre você. Depois eu segui o Barry quando ele foi embora. Vi-o entrar na casa da fraternidade. E assim descobri onde ele morava.

— Foi aí que você se mudou para o Four Seasons? — O choque de Helen estava desaparecendo, e ela voltava à vida. Seus olhos se moveram ligeiramente para calcular a distância do sofá até a porta. A poltrona de Collie estava no meio do caminho. A janela, fechada. Se ela conseguisse alcançá-la, abri-la e gritar...

— Você jamais conseguiria. — Collie leu seus pensamentos. — Estou mais perto, você não teria tempo de abri-la. Não quer ouvir o resto?

— Não — disse Helen, cada vez mais aterrorizada. — Não quero.

— Bem, você não tem opção, então é melhor relaxar e prestar atenção. Sim, eu me mudei para o Four Seasons, eu conheci você, e você me contou tudo sobre o Barry. Você falou que havia passado o último ano inteiro com ele, então eu soube que ele tinha de estar com você naquela noite. Eu fiz um teste com ele também. Telefonei e inventei que tinha umas fotos do acidente. Ele disse que me encontraria no campo de atletismo pra dar uma olhada nelas.

— E você atirou nele? Foi você?

— Sim.

— Mas por quê? — perguntou Helen, apavorada. — Por que você faria uma coisa dessas? Eu posso compreender como se sentiu em relação ao seu irmão e que gostaria de nos ver pagando por isso. Mas você não podia ter simplesmente ido à polícia?

— Como eu iria provar?

— Você não precisaria provar. Bastaria acusar. Nós teríamos confessado.

— E o que você acha que iria acontecer com vocês depois que confessassem? Talvez levassem uma multa. A pessoa que estava dirigindo perderia a carteira. Talvez o motorista passasse um tempo na cadeia e a pena fosse reduzida pela metade por bom comportamento. A lei é branda para quem é menor de idade. O que quer que acontecesse, não seria suficiente. Tente ver isso pelos olhos de outra pessoa, pelo menos uma vez. Veja a situação pelos *meus* olhos.

Não quero ver nada pelos olhos dele, pensou Helen. *Não quero nem mesmo olhar nos olhos dele. Tem algo estranho neles! Estão ficando mais sombrios! Conforme ele falava esse tempo todo, seus olhos ficaram cada vez mais sombrios. Como eu pude achar que seus olhos eram bonitos?*

— Escuta, Helen — Collie continuou em sua voz grave e glacial, que, de algum modo, era mais assustadora do que uma voz cheia de emoção. — Eu tive um colapso no Iraque, já te contei? Não só eu, muitos outros caras também. Existe algo em ver pessoas explodindo que mexe com você. Então, eu volto do Iraque, e o que encontro? Meu irmãozinho morto. Minha mãe em um manicômio em Las Lunas. Meu padrasto com ela. Minha irmã Meg morando completamente sozinha em uma casa no meio das montanhas, morrendo de preocupação com todo mundo. Nossa família inteira em ruínas. E vocês quatro, os responsáveis? Uma trabalhando na TV. Outro é herói do futebol universitário. Outro está relaxando nas praias da Califórnia. E outra acaba de ser aceita na Smith. A vida de todos vocês está indo muito bem.

— Então você decidiu nos matar. — Helen pronunciou as palavras, porém não conseguia acreditar nelas.

É o Collie, pensou. O cara que vive dois apartamentos depois do meu e tem uma queda por mim. É o rapaz gentil que me buscou no estúdio na noite em que o Barry foi baleado. Ele me levou ao hospital e esperou comigo até que houvesse alguma notícia. Por que ele fez isso? Por que foi tão bom pra mim?

— Eu te levei ao St. Joseph's — Collie respondeu à pergunta não proferida — porque era o único jeito de saber o que tinha acontecido com o desgraçado. Estava escuro no campo, e ele teve um sobressalto quando liguei a lanterna. Eu não sabia onde o havia acertado. Eu queria fazer o serviço direito, mas o que acabou acontecendo talvez tenha sido ainda melhor. Para um cara como o Barry, a vida numa cadeira de rodas pode ser pior que a morte.

O celular de Helen, que estava numa mesa de canto, plugado a um carregador, tocou ruidosamente. O som repentino perfurou a tensão da sala como uma agulha, fazendo com que Collie se sobressaltasse e tirasse os olhos do rosto de Helen por um instante.

Nesse momento ela se moveu. Com o cordão de terror que a mantinha imóvel subitamente rompido, Helen se pôs de pé e disparou pela sala. Ela não tentou alcançar a porta ou a janela. Em vez disso correu na direção oposta, atravessou o quarto e chegou ao banheiro.

Batendo a porta, trancou-a segundos antes que o peso de Collie se chocasse contra ela.

A maçaneta chacoalhou enfurecidamente. Frenética, Helen olhou ao redor em busca de algum objeto com que se armar. À sua volta, delicados objetos femininos riram dela

– um estojo de maquiagem, uma escova de plástico, um suporte com macias toalhas, um pequeno frasco de espuma para banho.

A janela do banheiro era pequena e alta, vedada por uma camada fixa de vidro translúcido.

O chacoalhar da maçaneta parou abruptamente. O único som agora era o toque insistente do telefone, na sala de estar. E então isso também cessou.

— Collie? — disse Helen, nervosa.

A única resposta foi um pesado silêncio.

Menos de duas horas antes, Ray havia lhe dito que o ataque a Barry fora um simples assalto. Como Barry podia ter mentido daquele jeito, como podia tê-los embalado com uma falsa sensação de segurança? Ou era Ray quem estava mentindo?

— Não poderia ter sido o Ray — Julie dissera naquele dia. Fazia mesmo apenas uma semana desde que ela levara àquele exato apartamento o bilhete enviado por Collie? — Conheço Ray melhor do que vocês dois, e ele não faria uma coisa dessas.

— Também não acho que tenha sido ele — Helen concordara.

E agora, diante das novas circunstâncias, ela era obrigada a admitir a mesma coisa, silenciosamente, para si própria, enquanto tremia diante do sinistro silêncio da porta trancada. Ray não a teria enganado. Ray não teria mentido.

Ray repetira exatamente o que Barry lhe dissera.

— Foi o Barry — ela murmurou. — Foi o Barry quem não falou a verdade.

Centenas de imagens de Barry pipocaram em sua mente: o Barry das palavras de amor e do sorriso convencido, do temperamento estourado e dos beijos celestiais. O Barry que se casaria com ela. Mas se casaria mesmo? Que a adorava. Adorava mesmo? Que nunca havia olhado para outra menina. Não mesmo? Imagens desde o dia em que, naquele esportivo vermelho, ele parara atrás dela e dissera:

— Entra, eu te dou uma carona.

Ele mentiu, pensou Helen. *Ele mentiu pro Ray sobre o tiro!*

O porquê, ela não sabia – e não importava. Se por raiva de alguma afronta imaginada, por ressentimento de sua própria condição, por perversidade, por medo de que Ray rompesse o pacto e procurasse a polícia, o fato era que Barry havia mentido. E, com essa mentira, ele demonstrara quão pouco se importava com a segurança deles – de Ray, de Julie e de Helen.

— Ele me amava — Helen sussurrou, mas até a seus próprios ouvidos as palavras soaram débeis e vazias. Aquilo também era mentira. — Collie? — ela falou alto. — Collie, você está aí?

Não havia nada além de silêncio do outro lado da porta.

O que ele está fazendo?, ela se perguntou. Estaria ali, parado, esperando? Ou teria retornado à poltrona e estaria sentado, imóvel, certo de que ela, presumindo que ele se fora, abriria a porta e sairia irresolutamente? Será que ele pensava que ela era idiota a esse ponto?

Se ele me quer, por que não arromba a porta? Ele tinha força para tanto. Claro, isso faria muito barulho, o tipo de barulho que se ouve de longe. O apartamento inteiro iria tremer. As pessoas viriam correndo para ver o que estava acontecendo.

Gritos não adiantariam nada. O Four Seasons era praticamente à prova de som. Estéreos podiam estourar, TVs podiam trovejar, festas descontroladas podiam rolar até altas horas sem que os vizinhos adormecidos se perturbassem. Mas o som de uma porta sendo derrubada – esse tipo de som com certeza seria ouvido.

Do outro lado da porta, veio um clique. Um som fraco de metal contra metal.

Mas que diabos...?

O olhar de Helen voou até o topo da porta, e ela sentiu a respiração parar. A placa de metal estava se mexendo.

— Meu Deus! — ela ofegou. — Ele está tirando as dobradiças!

Não posso simplesmente ficar aqui parada enquanto ele faz isso, pensou. *Preciso fazer alguma coisa... qualquer coisa...*

Em desespero, ela escancarou a porta do armário de remédios sobre a pia e divisou um pesado vidro de perfume.

Pegando-o, subiu na privada tampada e depois na caixa acoplada.

Levantou a garrafa e bateu com toda a força no vidro da janela. Bateu outra vez e mais uma, esmagando e quebrando o vidro.

Não havia tempo para sentir a dor ou para considerar as consequências enquanto introduzia a cabeça e os ombros na estreita abertura.

— Socorro! — gritou. — Alguém me ajude! Socorro!

Vozes flutuaram desde a área da piscina, na lateral do prédio, e também o som de risadas, um violão. O gramado abaixo estava vazio. O brilho proveniente das luminárias era cortado por bolsões de trevas.

— Socorro!

E então, como era a única coisa que lhe restava fazer, ela serpenteou através do caixilho e se deixou cair.

18

— Gostaria que você ficasse em casa hoje. — A sra. James olhou com preocupação para a filha. — Parece bobagem, eu sei, mas estou com um pressentimento...

— Ah, mãe! Você e seus pressentimentos! — Julie falou brincando, mas não pôde ignorar por completo o leve desconforto que se remexeu dentro de si. Havia algo de estranhamente perturbador nas premonições da mãe. Em muitas ocasiões, verdade seja dita, elas acabaram não dando em nada, porém houvera outras em que não fora assim. Era difícil esquecer o telefonema que, a princípio, parecera tão ridículo, mas que a fizera voltar para casa e se deparar com uma cozinha cheia de fumaça. — Não vou demorar mais do que algumas horas — ela disse, dessa vez em um tom tranquilizador. — Só vou ao cinema com o Bud.

— Eu gostaria que você cancelasse.

— Mãe, eu não tenho como falar com ele. Ele acabou de se mudar. O telefone ainda não foi instalado, e não tenho o celular dele.

— Você não falou que ele mora no Four Seasons? — a sra. James insistiu. — Você pode ligar na recepção e deixar um recado. Ou então pode ligar pra Helen Rivers e pedir que ela corra até o apartamento dele pra avisá-lo. Estou certa de que ela não se importaria. Nesses condomínios grandes, todo mundo parece conhecer todo mundo.

— Provavelmente já é tarde demais. Ele com certeza já saiu.

Para agradar a mãe, Julie se levantou e foi até o telefone. Pegou-o, colocou-o ao ouvido e, então, de volta no gancho.

De qualquer jeito, não dá pra ligar. A linha está com problema de novo. E eu deixei o meu celular no carro do Ray.

O espelho emoldurado em cima da mesinha do telefone devolveu-lhe o seu rosto, macilento e esquisito sob a chama de cabelo ruivo. Ela ergueu a mão e afastou o cabelo da testa.

Eu devia ter lavado o cabelo, pensou. *Devia ter passado blush; meu rosto está tão pálido... O que eu estou fazendo, saindo para um encontro com essa cara? O que o Bud vai pensar de mim?* Não que isso tivesse importância. Bud era apenas Bud – ele podia pensar o que quisesse. Se não a chamasse para sair de novo, tudo bem também. Quando Julie pensava no ano anterior, nas horas que passara se aprontando para sair com Ray – o cabelo sempre limpo e ondulado, a maquiagem perfeita, o coração repleto de uma expectativa empolgada –, era como se imaginasse outra menina, em outro mundo.

Às vezes, ela se perguntava por que tinha sequer começado a sair com Bud. Se os dois não tivessem se conhecido de uma forma tão simples, ela provavelmente não teria começado. Mas ele apenas caminhara até ela na biblioteca, apontara para o livro que ela havia acabado de pegar e dissera:

— Você vai gostar desse. Vou te mostrar outro do mesmo autor que é melhor ainda.

Eles deixaram a biblioteca ao mesmo tempo, e parecera natural que Bud a acompanhasse, já que ambos iam para o mesmo lado.

Depois disso os encontros se sucederam, porque era mais fácil dizer "sim" do que "não". Eles eram uma distração e tinham-na ajudado a sobreviver às longas noites. Ela até tentara se convencer de que poderia vir a gostar de Bud se continuasse saindo com ele por tempo o bastante.

Isso havia sido antes de Ray retornar. Por mais que Julie lutasse, bastara um instante, um vislumbre dos questionadores olhos verdes, do rosto magro e agora barbado, mas sempre caloroso e familiar, um mero toque de mão, e ela voltara ao ponto de partida, ao ponto em que olhara para aquele garoto que as demais meninas mal notavam e dissera a si mesma:

— É ele.

E não era justo, nem com Bud nem com nenhum deles. Ela não podia continuar lhe dando falsas esperanças se nutria aqueles sentimentos por outra pessoa.

A campainha tocou.

— O Bud chegou — disse Julie e, ao se virar para a porta, viu o rosto da mãe e se deteve. — Tudo bem, mãe — falou em voz baixa. — Eu não vou.

— Eu sei que é besteira minha, mas...

— Tudo bem. Eu não quero ir mesmo. Só estava sendo teimosa. — Ela caminhou até a porta e a abriu. — Oi, Bud.

— Oi, Julie. — Ele olhou por cima do ombro dela, para a sala de estar. — Olá, sra. James. Tudo bem?

— Bem, obrigada, Bud — disse a mãe de Julie. — Por que você não entra e come um pedaço de bolo com a gente? Tem café fresquinho na cozinha.

— Acho que prefiro não ir ao cinema hoje — Julie falou em tom de desculpa. — Quer dizer, se você não se importar muito. Minha mãe está meio nervosa, não se sente muito bem, e eu gostaria de ficar em casa. Tudo bem se a gente só ficar vendo TV ou algo assim?

— Mas o filme é bom — disse Bud. — Achei que tínhamos combinado.

— A gente não pode ir outro dia? Vai ficar em cartaz a semana toda.

— Você prometeu que iríamos hoje.

Sua voz era monótona e exigente. *Que estranho*, pensou Julie, surpresa. *Nunca o vi impaciente desse jeito.*

No rosto de Bud, imperava uma expressão de intensidade. Seus olhos pareciam muito sombrios. Havia algo, alguma ilusão de luz e sombra provocada pelos raios da lâmpada da sala que eram filtrados ao chegarem à porta, que por um instante fez com que ele parecesse quase um estranho.

Ainda bem que minha mãe me fez prometer que eu não ia sair, Julie se deu conta subitamente. *Não quero sair. Acho que não quero sair com esse cara nunca mais.*

— Se você quer tanto assim ver o filme hoje, por que não vai sem mim? — ela sugeriu.

— Olha, Julie, nós marcamos de sair. Você não está tentando se livrar de mim porque o seu antigo namorado voltou, está?

— Ah, então é isso? — De repente, a situação ficou clara para ela. — O Ray não tem nada a ver com isso, Bud, sinceramente. Eu só quero ficar em casa hoje, só isso. Você é bem-vindo pra ficar também, ou pode ir ao cinema sozinho, o que preferir.

Bud permaneceu em silêncio por um instante. Seus olhos passaram do rosto de Julie para a mãe dela e então retornaram. Ele parecia estar considerando.

— Tudo bem — disse enfim. — Eu sei reconhecer um fora quando tomo um. Você me acompanha até o carro, pelo menos?

Julie hesitou. Ela também queria se virar para a mãe, consultá-la com um olhar, mas isso seria muito rude.

Isso é loucura, disse a si mesma com firmeza. *É apenas o Bud Wilson, o bom e velho Collingsworth Wilson. Eu já saí com ele dezenas de vezes. Por que estou toda tensa esta noite?*

— Olha, preciso te contar uma coisa — falou Bud. — É importante. Só me acompanha, tá? — Ele parou e acrescentou: — Eu almocei com ele hoje. Com o Ray Bronson.

— Almoçou? — Julie ficou surpresa.

— A gente conversou, eu e ele.

— Sobre mim?

— Entre outras coisas. Você vai me acompanhar até o carro ou não?

— Tudo bem.

Ele segurou a porta da casa para ela, que saiu para a varanda. Os dois desceram juntos os degraus. Suave e doce, o ar da noite os envolveu, e o céu pareceu curvar-se como uma taça escura, cravejada de estrelas.

— É uma bela noite — disse Bud, estendendo a mão para pegar a de Julie. Ela sentiu um tremor percorrê-la.

O que há de errado comigo? Isso não quer dizer nada. Eu nunca liguei pra isso. Por que estou reagindo assim?

Julie pensou que um daqueles pressentimentos esquisitos da mãe havia passado para ela.

Entretanto, não queria magoá-lo afastando a mão, então deixou-a repousar na dele enquanto os dois percorriam o jardim em direção ao carro.

— Entra rapidinho — chamou Bud. — Vamos sentar e conversar.

— A gente pode conversar aqui.

— O que eu quero dizer precisa ser dito com você sentada. Entra no carro, por favor. Vai ser rápido.

— Bud — Julie expeliu as palavras em um acesso —, o que quer que você tenha pra me dizer, acho que não devo ouvir.

Você estava certo sobre o que acabou de falar sobre Ray. O que quer que ele tenha te falado hoje é verdade. A gente já foi muito importante um pro outro, e... e esse sentimento não morreu. Eu tinha a esperança de que tivesse morrido, mas não. E acho que eu e você não devemos continuar saindo.

— É curioso — falou Bud, ignorando por completo o que ela acabara de dizer. — Você nunca me chamou de Collie.

— Collie? — Ela não conseguia divisar seu rosto no escuro, mas tinha a clara percepção de que a mão dele se fechava cada vez mais sobre a sua. — Eu não sabia que você queria que eu te chamasse assim. Quando a gente se conheceu, você disse que todo mundo da sua família te chamava de Bud.

— Foi o meu irmão menor que começou a me chamar assim — ele disse em voz baixa. — Danny era uma graça de garoto. Ele não conseguia falar Collingsworth. Ele me chamava de Bubba. De *brother*, sabe? Isso quando ele era bem pequeno. Quando ficou mais velho, passou a me chamar de Bud. Ele chamava a nossa irmã de Sissy.

— Que... fofo — Julie falou com desconforto. *Do que ele está falando?*, ela se perguntou, confusa. *Ele está agindo de um jeito tão estranho. Será que está doente? Será que está usando drogas, bebendo ou algo assim?* — Bem, eu preciso entrar. Minha mãe não está se sentindo bem. É sério.

— A minha também não — disse Bud. — Ela está muito pior do que a sua. Eu tenho uma conta pra acertar com vocês quatro, mas nem tudo saiu como planejei. Você, porém, é a mais importante. Foi você quem riu de nós ao mandar as flores.

— Flores? — sussurrou Julie. — Você quer dizer... Ah, não! Você não é...

Ele soltou a mão dela. Por um instante congelado no tempo, Julie permaneceu enraizada no solo, reunindo forças para gritar. Logo as fortes mãos se achavam em torno de sua garganta, e o grito começou e terminou em um breve gemido.

— Rosas — disse Bud. — Rosas amarelas, dezenas delas! O pai as descreveu pra mim, rosas que lembravam a luz do sol! Se você queria dar a ele a luz do sol, por que não voltou pra ajudá-lo? Por que não ficou ao lado dele na estrada? Por que não segurou a mão dele e esperou? Você realmente achou que podia nos comprar com rosas? De que servem rosas pra uma criança que está morrendo sozinha no escuro?

As mãos se estreitavam. Já não existia nada no mundo além daquelas mãos – das mãos, da dor, do frêmito nos ouvidos de Julie e das luzes piscando atrás de seus olhos.

Ele vai me matar, ela pensou, incrédula. *Ele vai me matar!*

Era impossível o que aquelas mãos estavam prestes a fazer.

Eu não quero morrer. Não estou pronta pra morrer. Eu mal vivi. Tenho tanta coisa pela frente – faculdade, trabalho, marido, filhos, minha própria casa... Tenho tanto a viver!

O que vai ser da minha mãe? Primeiro o papai, e agora eu. Ela não pode perder todo mundo.

Nunca mais vou ver o Ray.

Houvera um momento em que ela olhara bem dentro daqueles olhos verdes e dissera:

— Eu te amo.

Fazia muito tempo. *Ele nunca vai saber*, Julie pensou, fora de si. *Ele nunca vai saber que ainda o amo!*

Então os pensamentos cessaram. O pesado negrume a envolveu completamente. Ela finalmente soube o que era estar sozinha nas trevas.

— Julie! Acorda, Julie! — A voz chegava a ela desde muito longe. Abafadas, quase perdidas sob o bombear do sangue em sua cabeça, as palavras lhe chegaram aos pingos: — Julie! Volta, Julie!

É um sonho, ela pensou. *Será que a gente sonha depois que morre? Será que Danny Gregg está sonhando? O meu pai está sonhando?*

— Ela está acordando — disse a voz. Era familiar. Não era uma voz sonhada. — Julie?

Julie abriu os olhos. As estrelas estavam tão baixas que pareciam repousar em seu rosto. A luz da varanda estava acesa, e os embaçados raios amarelos iluminavam os traços do rapaz curvado sobre ela.

— Julie, você consegue falar?

— Ray? — Ela sussurrou o nome dele, e o esforço fez com que engolisse uma pontada de agonia. — Bud... Ele ia...

— Eu sei — disse Ray. A mão dele estava no cabelo dela, afastando-o do rosto. — Você não precisa se preocupar. Ele não vai fazer nada por um bom tempo. Eu o acertei pelas costas, com uma lanterna. Não foi como os mocinhos fazem na TV, mas eu não tinha muito tempo pra pensar.

— Você está bem, minha querida? — A mãe estava ajoelhada ao lado dela. — Esse rapaz só poder ser doido pra te atacar assim, sem motivo!

— Ele tinha um motivo — disse Julie. — Um bom motivo.

— Ray, como você sabia? Como você adivinhou?

— Eu não adivinhei — Ray falou. — O Barry me ligou há alguns minutos. Disse que estávamos todos liberados do pacto, que nós três estávamos em perigo e que eu precisava falar com você e com a Helen. Tentei ligar pra ela, mas ninguém atendeu, e, quando eu te liguei, a linha não estava funcionando. Então eu me lembrei de uma coisa. Algo que me veio do nada.

— O quê?

— As mãos de Bud. Tomei um café com ele hoje, e havia tinta no dorso de uma de suas mãos. Eu não me dei conta na hora, mas percebi assim que falei com o Barry. A tinta era amarela, do mesmo tom da moldura do telhado dos Gregg. Eu tinha me perguntado como alguém baixinho feito a Megan podia ter alcançado tão alto, lembra?

— E as camisas no varal?

— Eram de Bud, claro. Megan é irmã dele.

— Por favor, me expliquem do que vocês estão falando — disse a sra. James, perplexa. — Não estou entendendo nada. Ray, você veio até aqui sabendo que o Bud ia tentar machucar a Julie? Se sim, como... — A pergunta foi interrompida. — O que é isso?

Faróis cortaram a escuridão da rua, e um carro com uma brilhante sirene vermelha parou no meio-fio em frente à casa.

As portas do carro se abriram e se fecharam, e duas figuras de uniforme se apressaram pela rampa da garagem.

— Recebemos uma chamada de emergência — disse o primeiro policial ao alcançá-los. — A pessoa que ligou disse que vocês podiam estar com problemas. Uma garota caiu do segundo andar do condomínio Four Seasons. Ela ficou inconsciente quando caiu, mas, ao acordar, disse às pessoas que a encontraram que um homem chamado Wilson tinha tentado atacá-la. Ela achou que ele viria pra cá em seguida. Pelo que estamos vendo — os olhos dele percorreram os três e então se moveram para a forma inerte caída a poucos metros dali —, ela estava certa.

— Estava — falou Ray. — Houve um problema, mas ele não começou hoje. Nós queremos contar tudo, desde o começo.

Ele passou o braço por baixo da cabeça de Julie e a ergueu gentilmente até sentá-la. Apoiando-se nele, ela olhou para o rosto preocupado da mãe.

Nunca vamos apagar isso, pensou. *O que nós fizemos no verão passado está feito. Não poderemos desfazer, jamais. Mas podemos enfrentar. Já é alguma coisa.*

Em voz alta, Julie disse:

— Por que não você, Ray? Você estava tão envolvido nisso quanto nós três. Por que Bud nunca tentou nada contra você?

— Ele tentou — Ray falou em voz baixa. — Acabou de tentar. — Seu braço a envolveu com mais força. — Ele sabia que a pior punição para mim seria continuar vivo num mundo em que você não existisse.

Leia também

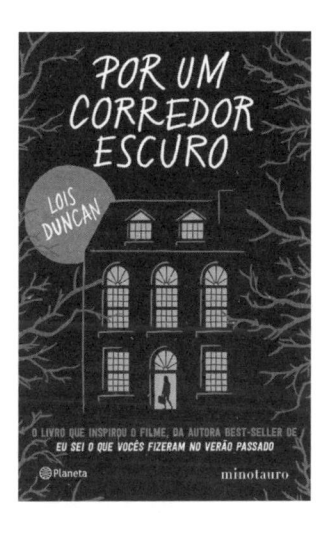

Depois que uma porta se abre, não dá para controlar quem passa por ela.

Esse lugar é amaldiçoado. As palavras martelam a cabeça de Kit Gordy quando as torres da escola Blackwood surgem sobre os pesados portões de ferro.

Com o passar dos dias, Kit tenta se ajustar à rotina do internato, ainda que não consiga se livrar dos frios na espinha causados pela imponente mansão e pelas histórias que rondam a propriedade. Seus colegas, então, passam a desenvolver habilidades extraordinárias, sem qualquer explicação. Os estranhos pesadelos, as vozes nos corredores escuros, as cartas de amigos e familiares que nunca chegam a seu destino: tudo isso acaba obscurecido pela magia que se esconde em cada canto de Blackwood.

Quando Kit e seus amigos finalmente descobrirem a verdade por trás daquela escola, pode ser tarde demais.

**Acreditamos
nos livros**

Este livro foi composto em Lora e
impresso pela Geográfica para a Editora
Planeta do Brasil em janeiro de 2022.